귀환!

청!

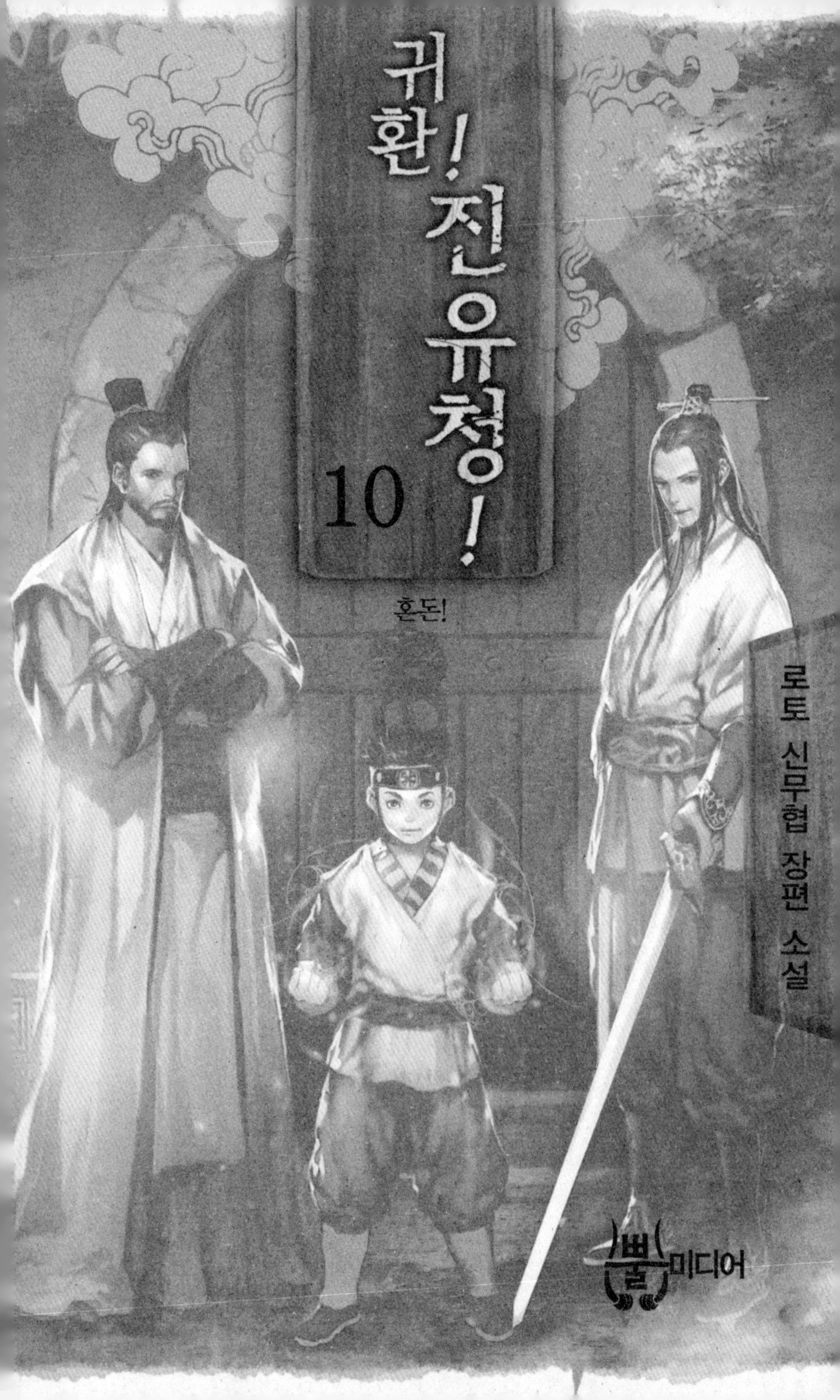
귀환! 진유청!
10
혼돈!
로토 신무협 장편 소설
뿔미디어

목차

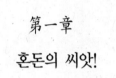

第一章

혼돈의 씨앗!

아아. 이걸…… 어찌한다?

진유청 자신이 아무리 남자, 노인네, 아이들 가릴 것 없이 인기가 많다손 치더라도 지금의 상황은 좀 부담스러웠다.

저 이글이글 타오르다 못해, 자신을 뜯어 먹을 것 같은 강렬한 시선들이라니!

게다가 그뿐만이 아니었다. 진유청이 마른침을 꿀꺽 삼키며 어깨라도 슬며시 뒤틀라 치면.

"시작인가!"

누구의 것인지 모를 수군거림과 함께 한층 더 짙어지는 살기!

진유청의 작은 행동 변화 하나에도 잔뜩 긴장한 이들의 과격한 반응이 쏟아져 나왔으니.

진유청은 숨 한 자락 편히 쉬기 어렵고, 뜨겁다 못해 따가운 시선으로 인해 볼따구니가 근질거려도 긁적거리기 어려운 상황에 처하게 됐다.

젠장, 왜 하필 내 머리통 위로 떨어져서는!

원망스러운 얼굴로 제 손에 들린 책을 내려다봐도 이제 와 무슨 소용이겠나.

보고를 샅샅이 뒤졌음에도 아무것도 나오지 않자 실망하고 있던 사람들 앞에 우연을 가장하여 내던져진 커다란 미끼는 너무나 먹음직스럽게 보였을 터.

꼭 너여야만 했다는 듯이 진유청을 향해 내리꽂힌 운명은 이미 다른 이들의 그것까지 포악하게 집어삼킨 후였다.

"휴우."

진유청이 한숨을 길게 내쉬다 맞은편에서 어쩔 줄 몰라 하는 무진과 시선이 맞부딪쳤다.

"유청아, 괜찮아?"

남들이 두 눈을 부릅뜨고 험한 기운을 풀풀 풍기고 있거나 말거나 오롯이 진유청 하나만 맑은 두 눈에 담은 채 당장에라도 달려오려 다리에 힘을 주는 녀석.

진유청이 형인 이현을 향해 눈짓을 하자 그가 한 팔을 뻗어 무진의 앞을 가로막았다.

하지만 이거, 이거. 형님의 표정이 영 심상치 않은 것이 만약 무진이 나서지 않았다면 그가 먼저 발을 내딛고도 남았을 거 같다.

그리고 진이현이 동생을 난처한 상황에서 구해내기 위해 움직이기 시작하면…… 누가 있어 그를 막을 수 있으리!

더 이상 시간을 끌어선 안 되겠군.

진유청이 희미하게 미간을 찡그렸다.

제 손에 들고 있기 벅찬 먹잇감은 얼른 다른 놈들에게 던져 주는 게 수다.

하물며 그 먹잇감이 자신에겐 전혀, 조금도 맛있어 보이지 않는다면 더더욱 말이다.

사실 진유청의 손에 들려 있는 물건이 무림의 판도를 뒤엎을 수 있을 만한 귀물이라곤 해도 그 자신에겐 별 가치가 없는 물건이었다.

불귀곡의 위치를 알려주는 장보도라니, 우습지 않은가?

과거 무림맹에서도 오랜 시간 해석에 매달리다 결국 조량의 도움을 얻어 겨우 풀이해 냈던 그 장소.

그거, 자신은 벌써 알고 있지 않은가. 게다가 심지어는 가보기도 했고 불귀곡 비급이라 이름 붙여진 기서를 얻어 익히고까지 있으니.

결국 이 책은 진유청에게 있어선 불필요한 껍데기이자 거추장스러운 귀물일 뿐이었다.

한데도 이렇게 심사숙고할 수밖에 없는 건, 이 책의 존재 자체가 가진 무게 때문.

이것이 불러일으킬 피바람이 진유청을 주저하게 만들었다.

"그래도 어쩔 수 없지."

진유청이 결심했다.

이걸 내주지 않으면 당장 자신과 자신의 소중한 이들이 먼저 화살받이가 될 게 분명했으니까.

진유청이 고개를 번쩍 들고 자신과 거리를 벌이고 선 이들을 둘러봤다.

"저기요."

녀석이 일자로 꾹 다물고 있던 입술을 떼자, 보고 안을 휘감던 열기가 한층 더 달구어졌다.

그러나 서로를 견제하느라 바빠 나서는 이가 없자 진유청이 책을 쳐들고 있던 쪽 팔을 가볍게 흔들어 보였다.

"저…… 손에 쥐나겠어요."

제 팔이 움직이는 얕은 궤적을 쫓아 사람들의 눈동자가 맹렬하게 좌우로 이동하는 게 우습다.

이대로 파닥거리며 춤이라도 췄다간 아주 그냥 눈알 빠지겠구나 싶은 게, 꼭 한 번 해보고 싶은 마음이 들긴 했지만…… 참자.

진유청은 원래 생각해 두었던 다음 순서로 이야기를 진

행시켰다.

"어쨌거나 이제 슬슬 배도 고프고, 뒷간도 가고 싶으니까 이거 좀 어떻게 빨리 해결해 주세요."

녀석의 요청에 타 천 사람들의 표정이 울긋불긋해졌다.

자기들은 갑자기 튀어나온 귀물, 일 가능성이 농후한 물건, 에 저 녀석이 무슨 수작질이라도 부리는 건 아닐까. 다른 천 인물들 중 누가 나서서 먼저 채가는 건 아닐까 염려해 온갖 신경을 다 집중하고 있는 차인데.

그런 대단한 걸 손에 들고서도 긴장하거나 당황하기는커녕, 뭐? 배도 고프고 뒷간도 가고프니 빨리 해결해 달라고?

무림맹 내의 기라성 같은 인물들이 어이없다는 듯이 바라보는데도 진유청은 조금도 주눅 들지 않고 당당히 외쳤다.

"제가 누군지는 아시죠?"

"당연히 알다마다. 동심회 회주님의 둘째 아드님 아니시던가?"

청성 장로의 대답에 몰랐던 이들도 진유청의 정체에 대해 확실히 깨달았다.

맞다, 저놈!

개망나니로 소문난, 그리고 일전 동심회가 처음 무림맹에 이름을 알렸을 때 소란을 불러일으켰던 바로 그 원흉.

누군지 알게 되니, 저 철없는 행동이 이해가 갔다.

떠도는 소문을 되새겨 보니, 충분히 저러고도 남을 놈이었으니까.

여기저기서 나직하게 울려 퍼지는 혀 차는 소리에 진유청이 어깨를 으쓱거렸다.

"제가 언제 이렇게 유명해졌습니까? 여기에서 절 모르는 분이 없는 거 같습니다."

"자네와 자네 형이 워낙 눈에 띄다 보니 그런 걸 테지."

호랑이같이 뛰어난 네 형과 개같이 구는 동생인 네 차이가 소문거리를 더 크게 만들어낸다는 걸 은근히 돌려 말했다.

하나 진유청은 청성 장로가 한 얘기의 본뜻을 알아듣지 못한 것처럼 넉살 좋게 맞받아쳤다.

"하긴. 우리 진가장 두 형제가 하남의 자랑이자 무림맹의 떠오르는 샛별이란 얘긴 저도 여러 번 듣긴 했습니다."

내 말이 고까우면, 웃는 낯에 침 한 번 뱉어 보시든가.

진유청이 청성 장로를 빤히 바라보며 싱글대자 그가 헛기침을 하며 녀석의 시선을 외면했다.

돌아가는 상황이 현재 닥쳐 있는 사건의 중요성에 비해 점점 느슨하게 풀어지기 시작하자 남궁민이 눈살을 찌푸리며 입을 열었다.

"지금 중요한 건 그런 얘기가 아니지 않은가. 그러니 진

공자, 자네가 이 일을 빨리 마무리 짓고 싶다면 손에 들고 있는 물건을 바닥에 내려놓고 물러나게. 그러면 우리가 알아서 처리하겠네."

"그 우리는 남궁세가와 제갈세가의 동맹인 이가연합을 얘기하시는 건가요, 아니면, 여기 모여 계신 여러 분들을 가리키시는 건가요?"

"……당연히 후자를 뜻하는 것이네."

아직 애송이군.

남궁민은 대답을 하면서도 이건 빤하다 못해 안 하느니만 못한 수준의 낮은 이간계라 생각하며 눈을 가늘게 떴지만, 글쎄…….

잔머리와 꼼수로 세상의 험난한 파도를 헤치고 넘어왔던 진유청이 설마 그 정도 계산도 하지 못했을까.

진유청이 그가 한 말에 꼬투리를 잡기 위해 입을 열려는 찰나, 녀석이 하려 했던 말을 가로채 고스란히 뱉어내는 이가 있었으니.

"남궁 대공자가 정말 그리 여겼다면 오히려 뒤로 물러나 있어야 했던 거 아닙니까? 여기 계신 분들 중 나이로 보나 배분으로 보나 남궁 대공자님보다 뒤처지는 이는 별로 없는 걸로 알고 있습니다만."

싸늘한 목소리의 주인은 진이현이었다.

하여간 이현 형님도 남궁민 저 자식이 어지간히 마음에

들지 않는 모양.

그러니 감정 표현이 그다지 풍부하지 않은 사람이 저만
큼이나 난 니가 싫어, 아주 재수 없어! 하는 기운을 풀풀
풍기고 계신 거겠지.

뭐, 진유청 자신이라고 해서 이현과 그다지 다를 건 없지
만 말이다.

"과연 옳으신 말씀이십니다. 형님, 아버님께 말씀드려
우리 동심회는 이 귀물의 처분에 대해 관여하지 말자 말씀
드리는 게 어떨까요? 가뜩이나 무림맹 내 문파들이 사 천
으로 나뉘어 어수선한 때에 우리까지 나서서 말을 보태고
일을 크게 키우느니 타 천 분들의 의견을 듣고 따르는 모습
을 보이며 솔선수범하는 겁니다."

이현을 향한 진유청이 천진한 표정으로 새카만 눈동자를
빛냈다.

녀석에 대해 알지 못하는 이라면, 누구라도 깜빡 속아 넘
어갈 정도.

그렇다 보니 사람들은 천지분간 못하는 개망나니로 알려
졌던 진유청의 새로운 면모를 발견하게 됐다.

가진 것도 없는 놈이 욕심도 없고, 거기에 더해 영웅 놀
이에 빠져 저가 속한 곳의 이익을 돌아볼 머리까지 없지 않
은가.

그들이 보기에 진유청은 그 짝을 찾기 힘들 정도로 최악

의 후기지수라 할 수 있었다.

"동심회 회주의 속이 새카맣게 타겠군."

안타까움이 담겨 있다기 보다는, 비릿한 조소가 스며든 혼잣말에 너도 나도 동조했다.

하나 아무렴 어떤가.

자파의 후배도 아니고. 다른 문파의 불행은 자신들에겐 이익을 가져다 줄 기회가 돼줄 터.

타 천 사람들이 진유청을 바라보는 눈빛엔 좀 전과는 다른 자애로움이 가득하다. 한데, 그게 끝이 아니었다.

"유청이 네 뜻이 그렇다면, 나도 회주님께 청해보도록 하마. 우리 둘이 말씀드리면 아마 들어주실 게다."

혹시나 하긴 했지만, 정말 진이현이 덜떨어진 동생의 얘기를 덥석 주워 먹은 것이다!

"형님, 최곱니다!"

진유청이 엄지를 치켜세웠다.

두 형제 사이의 훈훈한 분위기에 보고 안의 싸늘했던 기운이 누그러진다.

그러나 저 둘로 인해 체면을 구기게 된 남궁민은 기분 좋게 서 있을 수가 없었다.

괜히 먼저 나서서 진가장 두 형제에게 판을 벌여준 꼴이 된 데다, 우리 동심회를 말끝마다 붙이는 유청으로 인해 남궁민이 앞서 언급했던 '우리'가 마치 이가연합을 지칭했던 것처럼 느껴지게 만들었기 때문이다.

"이제 이거 내려놔도 되겠습니까?"

진유청이 좌중에게 물었다.

빠져나갈 구멍을 만들었으니, 그만 나가야지.

한 권의 책일 뿐이지만, 그 이름값에 천 근의 핏물이 담긴 흉물스러운 걸 얼른 제 몸에서 떼어내고 싶었다.

동심회가 물러선 뒤 남은 문파가 둘뿐이라면 이렇게 쉽게 물러나기 어려웠겠지만 셋이니까 그나마 안심이 됐다.

아무리 원수처럼 싸우다가도 이해관계가 맞물리면 손을 잡을 수 있는 게 무림문파의 특성이라곤 해도. 사이가 나쁜 세 단체가 아귀다툼을 벌이다 보면 서로 눈치를 보느라 큰 사고를 치진 못할 게고 결국 나중엔 동심회를 끌어들이게 될 테니까.

"그리하시게나. 진 공자와는 상관도 없는 일에 말려들어 고생이 많았네."

"보고 구경한 값을 톡톡히 치른 셈이군."

이번엔 다들 몸을 뒤로 빼는 게 아니라, 앞서 나섰다.

본격적으로 귀물의 쟁탈전이 시작됐음을 느낀 거다.

"그러게요. 남궁 공자가 싸움만 걸지 않았어도, 이런 귀찮은 일은 없었을 텐데 말입니다."

저를 무시하는 게 분명함에도 불구하고 진유청은 별다른 내색을 하지 않았다.

그는 그저 입맛을 쩝쩝 다신 뒤, 다시 한 번 남궁혁을 거론한 다음 책을 바닥에 내려놓으려는 데.

"끄응."

등 뒤에서 희미한 신음이 울려 퍼졌다.

남궁혁 요놈. 드디어 깨어나는 건가?

진유청이 한쪽 입꼬리만 삐죽 치켜올리더니 천천히, 아주 느릿하게 손을 움직였다.

지루할 정도로 조용한 손놀림에 좌중의 시선이 집중돼 있을 때, 그는 비스듬히 쓰러져 있던 남궁혁의 시야를 제 등짝으로 완전히 차단했다.

남궁혁이 정신을 차리자마자 제 얼굴 앞에 떡하니 놓인 진유청의 엉덩이와 등짝을 발견한 건 당연지사.

남궁혁의 머릿속에서 기절하기 전 상황과 현재가 맞물리며 깨어나던 이성이 다시금 사라져 버렸다.

"이 새끼가!"

퍼억!

상체를 벌떡 일으킨 남궁혁이 진유청의 등 뒤를 암습했다.

진유청의 몸이 앞으로 데굴데굴 굴러가 맞은편에 서 있는 이들 앞에 대자로 뻗는다.

너무나 급작스러운 일에 모두 놀랐지만, 암습 후 사방에서 쏘아져 오는 살기에 하얗게 질려 있는 남궁혁만 하랴.

"너……."

또 남궁세가의 놈이군.

진이현의 눈매가 싸늘하게 굳으며 앞으로 나서려 했지만, 한 발 늦었다.

아니, 자기를 스쳐 지나 남궁혁에게로 다가가는 이의 얼굴을 확인하곤 스스로 멈춰 섰다고 하는 게 더 정확하리.

짜악!

흉포한 기세로 남궁혁에게 다가간 인형의 손바닥이 매섭게 놈의 뺨을 후려쳤다. 남궁혁의 얼굴이 완전히 옆으로 돌아가며 그 바람에 휘청거린 몸이 바닥에 처박힌다.

"이게 대체 무슨 짓이냐!"

진유청이 보고에 가는 걸 보고 저도 가겠노라 장로님을 조르고 졸라 따라 들어왔으면 얌전히 있을 것이지.

쓰러져 있는 남궁혁을 보는 남궁민의 시선엔 경멸이 스며들어 있다.

그것은 절대로 제 형제이자 피붙이를 보는 눈이 아니었다.

"괜찮으냐? 어서 일어나 보거라."

다른 한쪽에선 진이현이 목소리에 잔뜩 걱정을 담고 제 동생의 상태를 확인한다.

옆에만 가도 찬바람이 쌩쌩 부는 것 같다는 철면검객이 어찌 저런 따스한 눈을 할 수 있는 건지.

기묘한 비교를 불러일으키는 네 사람으로 인해, 보고 안에는 잠시 동안 어색한 침묵이 감돌았다.

그렇지만 그건 그거고, 이건 이거다.

진이현에 의해 부축돼 일어나고 있는 유청의 손이 비어 있었으니까.

"책은? 책은!"

"저기 있네요."

사람들의 다급한 외침에 진유청이 고개를 돌려 턱 끝으로 저가 있는 곳의 뒤편을 가리켰다.

좌중의 시선이 남궁민과 진이현이 있는 곳의 딱 중간에 놓여 있는 책을 향해 내리꽂혔다.

아무래도 진유청이 암습을 당해 나동그라지다 떨어트린 듯.

"아무나 주워 가지시면 되겠네요. 결과는 나중에 알려주시고요. 책도 제 손에서 떠났으니, 전 이만 나가봐도 되겠지요?"

진유청의 물음에 답하는 이가 없다.

책을 손에 들고 있을 때야, 저 애송이가 자기들 정도 되는 고수의 눈을 속이고 수작을 부리긴 어려웠을 거라 여겼지만 남궁혁으로 인해 모두들 잠시나마 책에서 눈을 뗄 수밖에 없지 않았나.

그 잠깐의 틈을 사이에 두고 남궁민과 진이현이 움직였

다.

그리고 문제는, 저 둘은 더 이상 후기지수라 생각할 수 없는 이들이라는 것!

거대 문파 장로급을 제 본신 실력으로만 이긴 젊은 고수와 이전에도 무림맹에서 가장 뛰어난 후기지수라 일컬어지던 남궁민이 완벽하게 성장해 사내가 돼 돌아왔으니.

누가 있어 그들을 후기지수라 부르며 제 눈 아래 둘 수 있을까!

"그러니까 저 뭔지 확인도 안 된 책을 우리 형님이 바꿔치기 했거나 속 내용을 찢었거나 아니면 이 모든 게 남궁세가와 우리가 짜고 한 짓일 수도 있으니 꼼짝 말고 가만히 있으라는 겁니까?"

진유청이 답답해 죽겠다는 듯이 제 가슴을 탕탕 내려치며 한층 언성을 높인다.

"우리는 분명 이 쟁탈전에 참가하지 않겠다고 했는데도 불구하고 이렇게 대접하시는 겁니까?"

"유청아. 어르신들께 버릇없게 굴면 안 된다."

"하지만, 형님!"

"그만하래도."

진이현이 엄한 어조로 타이르자 진유청이 풀이 죽어 시무룩하게 고개를 숙였다.

이현이 그런 유청의 머리 위에 손을 올린 뒤 머리카락을 흐트러트렸다.

형님이 기분을 풀어주자 진유청이 발끝으로 바닥을 툭툭 차며 입을 열었다.

"이제 슬슬 밖에서도 이상하다고 생각하고 있을 텐데 요."

"아마 그렇겠지."

진유청이 진이현의 대답을 들으며 보고의 입구를 힐끔거렸다.

마지막 몸수색을 마친 이가 들어온 다음, 쾅하고 닫혀 버린 문은 아까와는 다른 위압감을 뿌렸다.

처음 들어왔을 땐 언제라도 원하면 열고 밖으로 나갈 수 있었지만, 지금은 그럴 수 없으니까.

체면 차리는 게 가장 중요한 각 문파의 주인이나 대장로급들은 몸수색이란 조건이 있는 보고 안으론 들어서지 않았다.

그렇다고 능숙한 일처리를 기대하기 어려운 일대 제자나 이대 제자를 보낼 수도 없는 노릇이니. 보고 안에 들어온 이들 중 가장 많은 직책이 장로급이었다.

간혹 남궁민처럼 거대 문파의 후계자가 끼어 있긴 했지만, 사실 그들은 정식으론 가진 직위가 없다.

후일을 생각해 공통적으로 장로급에 준하는 대우를 해주는 게 일반적인 관례이긴 했지만 말이다.

그러니 실질적으로 움직일 행동력은 충분했지만 커다란 결정을 내릴 수 있는 결정권자는 이 안에 없었다.

장보도가 발견됨과 동시에 모든 이목을 끈 진유청이 그대로 사람들의 집중을 흐트러트리지 않게 하며 상황을 주재했으니 망정이지, 자칫 잘못했으면 우왕좌왕하다 큰 싸움이 벌어질 뻔했던 것이다.

"역시 이 방법밖에 없나 봐요."

진유청이 일부러 들으라는 듯 목소리를 높였다.

"무슨 말이냐?"

진이현이 의아한 듯 되묻자 동생이 콧잔등을 찡긋거린다.

왠지 가슴 한편이 쿡 막히는 것이 불길함이 스멀스멀 피어올랐다.

만약 이 자리에 이현이 아닌 장웅이나 자경이 있었다면 당장 진유청의 입을 틀어막았을 것을.

이현 스스로는 동생에 대해 자신이 아주 잘 안다고 여기고 있지만 사실 그게 아닐지도 모른다는 걸 아직도 자각하지 못하고 있었다.

"우리의 결백을 증명하고, 밖으로 나가서 뒷간도 가고 밥도 먹을 수 있는 제일 좋은 방법은요."

진유청이 하나둘 자신을 향하는 시선 앞에서 거침없이 훌렁 옷을 벗어 던진다.

"헉!"

헛바람 들이키는 소리와 함께 사람들의 인상이 구겨진다.

"저, 저…… 대체 그게 뭐하는 짓인가!"

그러는 아저씨는 왜 손으로 눈을 가린 척하면서 손가락 틈 사이로 절 힐끔거리고 그러세요?

진유청이 눈가를 씰룩였다.

그 사이에도 쉴 새 없이 움직인 손은 별것도 아니라는 듯이 거추장스러운 껍데기를 까뒤집고 속을 훤히 드러냈다.

"저는 이만큼이나 당당하고 결백하니까, 이제 잡지 마세요. 제가 나가서 윗분들께 이곳에서의 이야기도 보고할 테니까 곧 각 문파에서 지시가 내려오겠지요. 그럼 나머지는 알아서들 해결 보시고요."

저렇게까지 나오는데 어떻게 더 잡을 수 있겠나.

수작질을 부렸는지 안 부렸는지는 모르지만, 최소한 빈손에 맨몸으로 이곳을 나선다는 것만큼은 확실히 보여주고 있었으니까.

"형님은 안 가실래요?"

더 있고 싶으시다면, 말리지는 않을 게요.

진유청이 입구 쪽으로 가면서 이현에게 말했다.

"유청아, 나도 갈래!"

무진이 묻지도 않았는데 먼저 승복을 훌러덩 벗고 깡총 깡총…… 은 좀 참지.

달려오는 무진에게서 고개를 돌린 진유청이 정말 못 볼

걸 봤다는 듯이 고개를 뒤로 젖혔다.

"대장…… 나, 나는 어쩌라고."

맞다, 진호가 문제였군. 안 그래도 주변 눈치 많이 보고 남 시선 신경 쓰는 녀석인데.

"이번 기회에 진호 네가 당당한 사내대장부란 걸 내보여 봐."

"그러니까 뭘, 내보이라고……?"

그렇게 넋 나간 얼굴로 불쌍하게 물어볼 것까지야……. 아니면, 유청 자신이 말을 좀 이상하게 꼬아서 하기라도 한 건가?

저가 뱉은 말을 되짚다 보니, 이상한 거 같기도 하고 아닌 거 같기도 하고.

어쨌거나 죽을상을 짓곤 있어도 마진호가 옷을 벗고 있는 모습이 눈에 들어왔다.

아마 자기 혼자 여기 남아 있게 되면 유청이 한 짓을 고스란히 본 사람들이 진호 자신에게 얼마나 많은 관심과 우려를 표할지에 대해 생각이 미친 듯.

원래 현실을 직시하면 남은 건 실천뿐인 것이다.

그리고 그 결과는…….

역시 모든 사람이 한수네 사부님처럼 기꺼이 바지춤을 내릴 수 있을 만큼 당당할 순 없는 모양이다.

"괜찮아. 진호 너는 마음이 크잖아."

누구와는 달리.

"……대, 대장. 제발 좀!"

그 입 다물어 줘!

전혀 위로 같지 않은 위로에 마진호가 괴로워하는 사이 이현까지 준비를 끝마쳤다.

진이현의 훤칠하게 큰 키에 날렵한 몸, 적당히 붙은 근육은 마치 조각 같았다.

그에 반해 유청 자신은……!

"칫!"

진유청이 빈약한 제 몸뚱이를 내려다보며 혀를 찼다.

그래도 아직 자신은 열일곱이니까. 형님 나이쯤 되면 자신도 저렇게 자랄 수 있을 거다, 아마.

본판 생김이 모든 걸 좌우하는 얼굴과는 달리, 몸은 노력에 의해 어느 정도 변화시킬 수 있을 테니까.

다 됐다 싶자 진유청이 자신들을 구경하는 사람들을 향해 다시 한 번 확인했다.

"이 정도는 해야, 이곳에서 나갈 자격이 생기는 거. 맞지요?"

여전히 경악한 채 굳어 있는 이들에게선 대답이 흘러나오지 않았다.

별로 기대도 안 했다는 듯이 진유청이 훌쩍 몸을 돌린 다음, 입구 쪽으로 걸어가서 문을 열었다.

끼이익!

쇠가 비틀리는 껄끄러운 소리와 함께 빛이 한 아름 쏟아져 들어와 진유청 일행의 벗은 어깨 위에 내려앉았다.

"이, 이게 무슨!"

문밖에서 대기하고 있던 이들의 눈이 휘둥그레졌다.

"유청이 너 또 무슨 사고를 친 게냐!"

다른 높은 어르신들과는 달리, 아들 둘이 모두 보고에 들어가 있는지라 걱정된 마음에 밖을 지키고 있던 진호철이 기함을 토해내며 아이들에게 달려왔다.

"이러지 않으면 안 내보내 준다는 데 그럼 어떻게 해요."

벗으라고 한 건 아니지만, 벗지 않고는 나오기 어려운 상황이었으니 꼭 틀린 말이라곤 할 수 없었다.

"뭐라고?"

전후 사정을 알 수 없었던 진호철이 미간을 찡그리며 반쯤 열려 있는 보고의 입구 안쪽을 쏘아본다.

"뭐, 일광욕도 하고 좋지요. 다 커서 온몸으로 햇볕 쬘 일이 얼마나 있겠어요."

진유청은 홀딱 벗고 있는 자신의 모습에 그다지 개의치 않았다.

아무렴 어떤가.

진유청 자신은 싫어하는 놈을 엿 먹일 수만 있다면 자신도 어느 정도 희생을 각오할 마음의 준비가 돼 있는 사람인 것이다.

자신이 벗고 나왔는데, 이후에 다른 놈들이라고 옷 잘 걸치고 나올 수 있겠어?

홀딱 벗고 나오진 않을지 몰라도 최소한 그에 상응하는 대가는 치러야 할 터.

이래서 선례라는 게 중요한 거다.

앞서 걸어간 사람이 어떻게 행동했느냐가 뒷사람들에게까지 계속해서 영향을 미치는 법이니까.

"형님은 창피하세요?"

혹시나 싶어진 진유청이 이현에게 물었다.

"별로. 여기가 진가장이었으면 연무장에 가서 다같이 목욕이나 하는 건데. 그게 좀 아쉽구나."

농담인지 진담인지 분간이 안 가긴 하지만, 사실이긴 했다.

"그러게요. 비도 와주면 딱 좋았겠는데."

진유청이 하늘을 향해 두 팔을 쭉 뻗으며 기지개를 폈다.

"이, 이 녀석이!"

진호철이 얼른 겉옷을 벗어 유청에게 둘러주고, 다른 동심회 회원들도 제각각 옷으로 다른 아이들을 감싸줬다.

철썩!

늠름하다 못해 부아가 치밀 정도로 잘 자란 두 아들의 맨 등짝을 후려치는 진호철의 손길이 자못 매섭다.

"너희 둘, 이따 보자꾸나. 특히나 이현이 너는, 아무리 네 동생이 하자고 했어도 그렇지. 소장주쯤 되는 녀석이 어찌 이런 사고를 쳐!"

아버지는 꽤나 화가 나신 거 같았지만 진이현의 입가엔 희미한 미소가 머물렀다.

동생과 나이 차가 제법 나서 함께 이런 사고를 쳐본 건 처음이다.

그리고 생각했던 거보다 훨씬 재미있었다.

"형님, 남궁 대공자 표정 봤어요?"

"봤지."

준수한 얼굴이 흉신악살처럼 일그러져 자신들을 죽일 듯 노려보고 있었다.

"아주 그냥 똥 한 번 제대로 씹었다는 얼굴이던데요. 속이 다 후련해요!"

게다가 자신들만 쏙 빠져나온 참이 아닌가. 자신들 몫까지 남궁민이 들들 볶이고 있을 터.

"일부러 남궁혁에게 암습을 허락하고 책을 바닥에 떨어트린 것이냐?"

진이현이 나직하게 묻는 말에 진유청이 대답 대신 히죽 웃으며 검지를 세워 제 입에 갖다댔다.

이번에도 유청은 제 몸을 미끼로 삼아 위험을 자처했다. 남궁혁의 무공이 유청을 위협할 수준은 아니지만, 그렇다고 그냥 넘어갈 순 없는 일.

꿀밤이라도 한 대 때려줄까, 대련이라도 해서 정신이 바짝 들게 할까 잠시 고민하던 진이현이 그냥 손을 제자리에 내려놓았다.

대신 그의 얼굴에 잔잔하게 일렁이던 미소가 사그라졌다.

"얼른 오세요! 아무리 벗은 몸이 자랑스러워도 그렇지. 그렇게 길 한복판에 우두커니 서 있으면 어떻게 해요!"

앞서가던 진유청이 고개를 돌려 이현에게 손짓했다.

"앞을 제대로 보면서 가야지. 그러다 넘어질라."

이현이 다시금 걸음을 옮기며 말했다.

第二章

장보도!

허물을 벗고 날아오른 나비처럼 팔랑거리며 사라진 진유청 일행으로 인해, 보고 안의 적막함은 한층 더 짙어졌다.

그들은 무림을 뒤흔들지도 모를 큰일이 터졌음에도 불구하고 자기들과는 상관없다는 듯이 자유롭게, 조금도 주저하지 않고 가 버렸다.

대체 어떻게?

그들의 행동은…… 무림인이라면 응당 높은 무공과 강호의 비밀에 집착하고 탐욕을 부리는 게 당연한 건데도 불구하고, 이곳에 남아 있는 남궁민 자신에게 스스로 모욕감을 느끼도록 만들었다.

"이걸로 세 번째군."

반쯤 열린 보고의 입구를 물끄러미 바라보던 남궁민이 혼잣말을 중얼거렸다.

살면서 이런 모욕적인 기분을 경험했던 일이 오늘 것까지 포함해서 딱 세 번 있었는데. 우습게도 그 세 번이 다 저 진가장의 소장주라는 진이현과 연관이 있었다.

남들은 살면서 괴롭고 힘든 일, 안 좋았던 것들이 다 합쳐 세 번이라 하면 그것밖에 안 되냐며 의아해할지 모르지만, 남궁민에겐 그렇지 않았다.

그는 남궁세가의 차기 가주가 될 귀한 몸이자, 실패란 걸 모르고 달렸던 사내인 것이다.

그런 남궁민에게 이런 일은 한 번도 많다고 할 수 있었다. 아니, 분명 그랬어야 옳았다.

"진이현…… 진유청…… 너희 두 놈은 절대 살려 두지 않겠다."

아니, 그 정도에서 끝내지 않을 거다.

진가장과 동심회 모두, 절대 자신은 용서하지 않을 것이다. 그게 바로 자신에게 이런 감정을 느끼게 한 두 놈과 한 여자에게 확실하게 복수하는 길일 테니까.

차갑게 가라앉은 눈동자에 희번덕이는 살기가 심상치 않다.

그때, 청성의 장로가 조심스레 남궁민에게 말을 걸었다.

"대공자는 어찌할 작정이시오?"

"무슨 말씀이십니까?"

"진가장의 두 공자와 동심회 소속 소협들이 그 책과 관련해 자기들의 결백을 밝혔으니…… 대공자께선 이제 어찌할 거냐 말이오."

보고 안에 있는 이들이 의심했던 두 무리 중 한 무리가 사라졌으니 남은 화살이 모두 남궁민을 향해 쏟아졌다.

"나를 의심하시는 겁니까?"

남궁민이 싸늘한 목소리로 되묻자 청성의 장로가 고갤 저었다.

"그럴 리가 있겠소이까. 다만 깨끗하게 마무리를 짓는 편이 나을 듯해 말을 꺼내 본 거지 별다른 의도를 가진 건 아니었소이다."

"하!"

말은 번드르르 하게 하지만 결국 저들이 하려는 얘기는 앞선 놈들과 같이 행동해 자신을 증명하란 것.

기함을 토해낸 남궁민이 이를 으득 깨물었다.

"아직 진위 여부도 확인되지 않은 물건 하나 때문에 남궁세가와 척을 지려 하시다니. 청성의 패기가 놀라울 뿐입니다."

그러고 보면 예전엔 그리 눈에 띄는 행동을 하지 않던 청성이 근래 들어 부쩍 활동이 늘어나 여기저기 얼굴을 비추고 있다.

중도파에 속한 후, 대장 자리 하나 꿰차고 싶어지기라도 한 건가?

"내게 수치를 주려면, 내 시체를 밟은 뒤에나 가능할 것입니다. 그리고 그게 가능한 순간은 남궁세가가 무너졌을 때밖에 없을 테니, 똑똑히 알아두십시오."

남궁민이 나직하게, 하지만 한마디 한마디에 강한 기운을 실어 뱉어낸 말은 허공에서 쩡하고 부서지며 얼음 조각을 흩뿌렸다.

무림맹이 사 천으로 찢어진 후, 가뜩이나 악화일로를 걷던 각 문파들 사이에 더욱 깊은 틈이 벌어진다.

주위가 다시 고요해지고 남궁민을 향하던 시선들이 하나, 둘 거두어졌다.

남궁민은 여전히 제 발치에 나자빠진 채 몸을 웅크리고 있는 남궁혁을 발끝으로 툭 찼다.

"언제까지 그러고 있을 테냐. 쓸모없는 놈!"

중간에 멈춰 설 수 있었던 일이었음에도 불구하고 남궁혁으로 인해 더 큰 사달이 벌어진 꼴이 됐으니 가뜩이나 마땅찮은 놈이 얼마나 눈엣가시처럼 박히는지.

"형님……."

남궁혁이 우물쭈물하며 몸을 일으키자 남궁민이 그를 직시하며 대답했다.

"난 너 같은 동생 둔 적 없다."

그의 말이 진심이고, 조금의 거짓도 없는 진실이란 걸 알기에 남궁혁은 대꾸할 말을 잃었다.

남궁혁은 멍하니 서 있다가, 벌어진 문틈에서 쏟아져 내리는 빛이 점점 더 영역을 확장해 곧 보고 안을 한꺼번에 잠식하자 눈이 부신지 질끈 눈꺼풀을 내리감았다.

"오셨습니까."

남궁민이 먼저 머리를 숙였다. 오만하기 그지없는 평소 그의 성정으로 보건데 보고의 입구에서 모습을 드러낸 이는 아마 아주 대단한 사람일 것이다.

현재 남궁세가의 가주이자 자신들의 아버지는 이곳에 오시지 않았으니 그럴 만한 이는 한 명.

"보고에서 여러 가지 일이 있었다지?"

"네. 들으셨습니까?"

"들다마다. 무림맹이 벌써부터 들썩이고 있다네. 허허, 동심회주의 아들들이 한 일을 자네가 할까, 하지 못할까에 대해 사 천의 수뇌부들 사이에서 내기가 걸리고 있다고들 하더군."

"가주님께서도 그 내기에 관심이 있으십니까?"

남궁민의 물음에 제갈인창이 수염을 쓸어내리며 대답했다.

"내 귀한 손녀사위가 세간의 가벼운 혓바닥 위에 오르내리는 거 자체가 불쾌하니, 내가 그 내기에 한 손 보태는 일을 없을 것이야."

"감사합니다."

그거야말로 남궁민도 원하는 바다.

그렇게 허접한 놈들과 동일 선상에 놓인다는 거 자체가
자신의 격을 떨어트리는 것 같았다.

"감사는 무슨."

제갈인창은 진유청 일행의 행동으로 인해, 보고 안에서
무슨 일이 있었는지에 대해 사람들의 이목이 집중된 사실
자체가 마음에 들지 않았다.

고급 정보는 그것을 쥐고 있는 것만으로도 커다란 힘을
가진 거나 다름없지 않은가.

조용히 덮어 두고 쉬쉬하며 넘어가도 모자랄 판에, 가뜩
이나 이각 각주의 살인 사건에 이어 벌어진 보고 습격 사건
으로 인해 흉흉했던 무림맹 무사들에게 이곳과 연관된 흥밋
거리를 던져 주다니.

아무리 장보도에 관해선 알려지지 않았다 해도, 이미 여
기서 어떤 사건이 있었다는 사실을 부정할 수 없도록 만든
게 아닌가.

진유청 일행이 한 것은 너무나 가볍고 무책임하며, 경망
된 행동이었다.

그런 일련의 행동들이 당장은 인기를 끌고 사람들의 호
의를 이끌어낼 수도 있겠지만 종래엔 저가 선 자리를 깎아

먹고 아랫사람들을 휘두를 수 있는 힘을 잃게 한다는 걸 왜 모를까?

자신들은 무인이지만, 정치를 한다.

그리고 그것이 지금까지의 무림맹을 지탱하는 원동력이 됐다는 걸 동심회 소속 인사들은 아직 잘 모르는 거 같았다.

배척과 차별이야말로 지배를 강화하는 강력한 무기가 된다는 것 또한.

그러니 그토록 자유롭게 날뛰며 경계를 허물고 포용하는 거겠지.

동심회 인물들이 무림맹 하급무사들이나 학관의 교두들과 친분을 다진다는 걸 타 천의 수뇌부들이 모두 알고 있음에도 별다른 내색을 하지 않는 까닭이고.

무림맹 사 천 중 당당히 한 자리를 차지하고 있음에도 불구하고 동심회가 결코 무림맹 내에 완전히 받아들여질 수 없는 이유였다.

윗사람들이 하는 일을 아랫놈들이 알 필요는 결코 없다. 알게 되면 생각하게 되고 스스로 생각하게 되면 저가 나아갈 길에 대해 판단하게 되니까.

명령에 따르고 복종하는 삶을 살아가야 할 놈들에게 저 스스로 하는 판단이 무슨 필요가 있을까.

제갈인창은 이번 일을 계기로 확실히 느꼈다.

동심회야말로 무림맹과 자신들을 위태롭게 할, 썩은 상처라는 사실을.

"저기 있는 게 바로 그 장보도인가?"

제갈인창의 한 발자국 뒤에 서 있던 점창의 최석이 바닥에 떨어져 있는 책에 눈길을 줬다.

"그렇습니다."

"일단 진위 여부부터 확인해야 할 터인데."

보고의 입구에 나타난 이들은 각 문파의 우두머리들로, 혼잡한 보고 내로 직접 들어가기 보단 보고를 개방한 후 제 수하들에게 지시를 내리는 걸로 일을 처리하기로 했다.

한, 두 명이 들어가면 너도 나도 우르르 몰려들어 가게 될 터이고 그 사이 장보도를 둘러싸고 새로운 문제가 터져 나올 가능성이 농후했던 탓이다.

"자네가 가져와 보게."

최석의 말에 남궁민이 제갈인창을 일별했다가 그가 고개를 끄덕이자 조심스레 불귀곡에 대해 쓰인 책을 집어 들고는 장문인들에게 다가갔다.

그들의 시선이 모두 책의 표지에 달라붙었다.

"불귀곡(不歸谷)이라. 다른 분들께선 들어본 적이 있으시오? 나는 처음 듣는 것 같소이다만."

"나도 그렇소. 그런 명칭은 이제껏 들어본 적이 없소이다."

이야기를 나누는 와중에도 누구 하나 선뜻 귀에 익다 나서는 이가 없으니 일이 쉽게 풀리진 않겠다 싶다.

"우선 이 안에 적힌 내용이 현실성이 있는지부터 살피도록 하십시다."

누가 먼저 책을 손에 쥐게 되고 내용을 눈에 담게 될지, 파르라니 부딪치는 기운이 날카롭다.

오늘은 아마 무림맹 수뇌부들에게 있어선 아주 긴긴 밤이 될 것 같았다.

"아하암!"

늘어지게 하품을 하는 진유청은 낮에 너무 심력을 쏟는 바람에 초저녁부터 잠이 쏟아졌다.

"넌 이 상황에서 잠이 오니, 유청아?"

저런 무신경함은 대체 어떻게 하면 가질 수 있는 걸까?

오현으로선 참으로 부러우면서도 속 터지는 순간이 아닐 수 없었다.

"지금 상황이 어떤데 잠도 못 자야 하는데?"

오히려 되물어 오는 뻔뻔함까지 더해지니, 권오현이 손사래를 쳤다.

"아니야, 아무것도."

"왜? 들어줄 테니까 말하라니까?"

소문의 당사자인 제 놈이 저리 나오는데 무슨 말을 더하

장보도! 43

라는 건지.

권오현이나 다른 평범한 사람들에게 있어선 발가벗고 무림맹을 활보하고 다닌 게 대가리에 칼 맞지 않고서는 절대 상상도 못할 일이고 있어서도 안 될 일이겠지만…… 유청이 저 녀석에겐 아닌가 보다.

저 스스로가 정말 별일 아니라는 듯이 행동하는데 거기다 대고 무슨 일이 있었기에 그런 미친 짓을 벌인 거냐고 묻기도 애매했다.

권오현이 입을 꾹 다물자 제갈영이 그에게 다가가서 토닥였다.

"저렇게 생겨 먹었으니, 그런 짓도 벌일 수 있는 거야. 그러니까 니가 이해해."

"영이 너는 아직도 오현이한테 형이라고 제대로 안 부르냐?"

진유청이 눈살을 찌푸리며 핀잔을 주자 제갈영이 모르는 척 고개를 돌렸다.

그러자 의외로 권오현이 제갈영의 편을 들어줬다.

"놔둬라. 유청이 니가 그렇게 생겨 먹은 거처럼, 이 녀석도 이렇게 생겨 먹었으니 이러고 사는 거겠지."

그러니까 가만있어도 원하는 건 뭐든 다 할 수 있는 제갈세가의 직계 혈통이 상방 오호에서 온갖 구박과 무시를 감당하면서도 꿋꿋하게 들러붙어 있는 거 아니겠는가.

권오현의 얼굴이 평화롭다.

녀석을 보고 있노라니, 진유청은 어째 자신의 주변에 점점 해탈할 거 같은 사람이 늘어난다는 생각이 들었다.

자기 자신의 본질을 외면하지 않고, 저가 가진 고유성과 세상의 이치를 맞닿게 하여 함께 걸어 나가는 방법을 자연스레 터득하는 이들이 많아진 것이다.

이러다 자신이 불귀곡 비급을 알려주거나, 혹은 현재의 불귀곡에서 비급이 튀어나와 세상에 퍼져 나갔다가는……

큰일이다.

"이거 떼 몰살당하는 거 아냐?"

자칫 잘못했다간 집단 우화등선한 뒤 하늘 위에서 동심회를 새로 만들어야 할지도. 상상만 해도 오한이 느껴졌다.

"갑자기 웬 험악한 소리야? 떼 몰살이라니?"

뜬금없는 말에 뜨악한 표정을 지은 권오현이 묻자 진유청이 별거 아니라는 듯 고개를 휘휘 내젓더니 이불을 뒤집어쓰고 침상에 벌렁 누워 버렸다.

불귀곡 비급을 떠올리니 머릿속이 복잡해진 까닭이다.

오만 가지 상념이 똬리를 틀었다 풀려 나갔다 다시 뒤엉키길 반복했다.

자신을 새로이 태어나게 해서, 과거의 잘못과 실수를 되잡을 수 있게 해준 것.

그건 아마도 불귀곡의 비급이 가진 힘이겠지?

그런 게 자신으로 인해 과거와는 다른 갈래를 타고 흐른 현재의 세상에 나오게 되면, 과연 어떤 일이 벌어지게 될까?

"에이. 벌써 고민할 거 없지, 뭐. 어차피 그거 해석하는 데도 한참 걸릴 텐데."

운이 좋으면 해석에 실패해 장보도를 풀이할 수 없을지도 모른다.

과거에도 제갈세가가 하다하다 안 돼서 조량 형을 영입한 다음에야 겨우 성공하지 않았던가. 게다가 지금은 저들에게 도움을 줬어야 할 량이 형이 공부 대신 열심히 금오상단에서 주판을 튕기고 있을 테니까 진유청의 뜻대로만 된다면……

으응?

문득 느껴진 위화감에 진유청이 이불을 틀어쥔 채 머리 끝까지 싸안고 있던 손끝에 힘을 뺐다.

갑자기 온몸의 피가 싸늘하게 식었다.

이거, 설마?

"흐어억!"

진유청이 비명을 내지르며 얼굴을 덮고 있던 이불을 확 젖힌 채 벌떡 일어나자 나란히 앉아 이야기를 나누고 있던 권오현과 제갈영이 화들짝 놀라 서로 부둥켜안았다.

"왜? 왜 그래?"

두 녀석이 눈을 동그랗게 뜨고는 겁이 잔뜩 스민 목소리로 묻자 진유청이 이내 안색을 바로한 다음 간단하게 대답했다.

"악몽 꿨어."

"……방금 누웠는데 고새 잠이 들었다가 악몽씩이나 꿨다고?"

니 악몽은 조루냐?

어떻게 그런 거 하나도 평범하지 못하고, 비범하니?

뒤끝 작렬하는 유청의 성격을 너무 잘 아는 오현이었기에 차마 덧붙여 말하진 못했지만, 대신 입술을 까뒤집으며 인상을 썼다.

아직도 놀란 심장이 벌렁거리며 진정이 되지 않았기 때문이다.

"응. 아주, 아주 끔찍하고 무서운 악몽이었어."

진유청이 어깨를 들썩이며 숨을 몰아쉬었다.

"어? 정말인가 보네?"

권오현이 걱정스런 기색으로 다가갔다.

얼굴 예쁜 아가씨도 없고, 마음 착한 아가씨도 없고, 동네 아는 아가씨도 없는데 무슨 상관이냐며 발가벗고도 거리낌 없이 무림맹을 활보할 만큼 대범한 녀석이 하얗게 질려 있으니 놀랄 수밖에.

"물이라도 떠 올까요?"

제갈영도 오현과 비슷한 생각을 한 모양.

"아니, 됐어."

"진짜 괜찮아?"

"괜찮아졌어. 그러니까 니들도 하던 거나 마저 해."

진유청이 이번엔 이불을 목까지만 덮고 누웠다.

그 모습을 보면서도 쉬이 안심이 안 됐는지 계속해서 두 녀석이 진유청을 힐끔거리며 살폈다.

그러다 조금 후 녀석의 침상이 있는 쪽에서 곤한 숨소리가 쌕쌕 들려오자 서로 마주 보고 웃으며 고개를 끄덕인 뒤 목소리를 낮춰 소곤소곤 아까 하던 이야기를 마저 이어 나갔다.

진유청은 두 녀석의 관심이 사라지자 몸에 긴장을 푼 뒤 머릿속을 정리하기 시작했다.

그랬다 이거지?

과거엔 몰라도 이번에 불귀곡 장보도를 발견하게 된 건 전적으로 그 꽃뱀 여자가 거기에 뭔가가 있다는 표를 팍팍 냈기 때문이다.

그러니 거기서 얻게 된 게 먹어서 소화 잘될 물건이란 보장은 전혀 없는 거나 마찬가지.

더 늦게 발견되선 안 된다는 것처럼 무리수를 두어가며 그런 짓을 한 까닭이 뭘까?

어쩌면…… 무림맹에서 생각보다 늦게, 혹은 아직도 전

혀 그것을 발견해 낼 기미가 보이지 않았기 때문은 아니었을까?

되짚어 보면, 과거에는 하노가 보고를 털어 그곳이 무림맹 내에서 크게 주목을 받았던 적이 있었다.

그리고 하노와 하노가 속한 하오문은 무림맹의 맹렬한 추격을 받고 완전히 멸문해 버렸었지.

진유청은 무림맹이 너무 과했다고 생각은 했지만, 무림맹 놈들이 워낙 체면치레를 중시하니 본보기 차원에서 심한 벌을 내린 거라 생각했었는데…….

어쩌면 그래서가 아니었을지도 모른다.

과거에 불귀곡 장보도를 가장 먼저 발견한 이는 하노였고 뒤늦게 보고에 귀물이 있었음을 알게 된 무림맹이 그것을 빼앗기 위해 하노와 하오문을 몰살시켰을 수도 있다는 얘기.

그 시절 이각 각주였던 남상겸이 죽임을 당했던 때는…… 하노가 보고를 턴 벌로 멸문을 당하고 나서도 한참 후였지, 아마?

그렇다면 그가 살해당한 까닭은 뭘까?

귀물의 존재 때문이라고 하기엔 시기가 맞지 않았다.

진유청이 머리를 맹렬히 굴리다 남상겸에 대해 들었던 얘기를 떠올렸다.

그러고 보니, 그 사람. 보고에 들어왔던 물건이나 사라진 물건의 흔적을 찾고 경로를 살피는 취미가 있다고 했었다.

물건 하나하나에 담긴 흔적을 기록해 역사를 만들어 내는 취미가!

만약 과거 삶에서도 남상겸이 같은 취미를 갖고 있었다면 그가 죽어야 했던 이유는 하나일 것이다.

과거에 남상겸 스스로는 자각하지 못했을지 모르지만, 그는 보고에 처박혀 있던 불귀곡의 장보도가 혈사방에서 흘러들어 온 거라는 사실의 실마리를 찾아냈던 걸지도 모른다!

이번 삶에서는 아예 반대로 바뀌어, 장보도에 이목을 집중시키는 제물이 돼 죽었지만 말이다.

"끄으응."

진유청이 저도 모르게 두 손으로 머리통을 감싸 쥐며 앓는 소리를 냈다.

떡밥이 너무 커서 뭔가 미심쩍었어도 설마 하긴 했는데, 불귀곡의 장보도 자체가 혈사방에서 이곳으로 흘려보내고 존재를 밝히기까지 한 거라면…… 그들은 왜 그런 짓을 했을까?

불귀곡이 가짜가 아니란 건 진유청 자신의 존재 자체가 증명하고 있지 않은가.

"혹시 장보도의 해석이 너무 난해해서 지들은 죽어도 못하겠으니, 그나마 머리 좀 쓰는 척하는 무림맹 놈들에게 맡겨서 골 터지게 풀이해 놓으면 슥 채갈라고 그런 건가?"

그럴 목적이었다면 이렇게까지 묵혀 둘 필요는 없었을 거 같긴 한데……

불귀곡 혈겁 때 쪼개지고 무너지며 큰 상처를 입은 건, 무림맹만이 아니었다.

혈사방의 타격도 심각했다. 때마침 진명회가 나타나 뒤를 받쳐 주지 않았다면 혈사방이라고 해서 꼿꼿하게 버티고 있진 못했을 터.

진유청은 불귀곡의 장보도가 차라리 혈사방의 단독 음모라면 좋겠다고 생각했지만, 글쎄……

왠지 자신이 바라는 대로 일이 풀려 나가진 않을 거란 불길한 예감이 들었다.

진명회라.

자신은 그들이 어디서 나와 어떻게 혈사방을 쥐락펴락할 만큼의 힘을 얻었는지. 그들이 통치했던 무림이 과연 어떤 세상을 만들어 냈는지까지는 알지 못한다.

그러나 수많은 목숨을 제물로 삼고 핏물을 쥐어짜 승리란 달콤한 과실을 맺게 한 그들이 무림의 지배자가 되선 안 된다는 건 확실히 알았다.

그리고 무림맹과 혈사방이 상잔한 무림을 그들이 얼마나 허겁지겁 먹어 치웠는지 또한.

어부지리(漁父之利)라. 내가 하면 좋은 거고, 남이 하면 참 치사해 보이는 건데.

"혈사방과 진명회의 관계가 관건이겠군. 동맹을 맺고 있었다면 혈사방이 뒤통수 맞은 거라고 봐도 무방할 테고, 혈사방 자체가 진명회가 무림에 나오기 전 미리 내보내 상황을 만들고 판을 짜게 한 내부의 힘이라면……?"

혈사방이 가진 무력과 전통은 무림맹의 그것에 비해도 크게 뒤처지지 않는데. 정말 그게 가능할까?

만약 진짜 그렇다면 진명회의 실체가 가진 저력은 상상 그 이상이란 소리일 터.

그 정도 힘을 가졌다면 단박에 무림을 쓸어버리는 것도 가능했을 텐데 왜 이렇게 오래 뜸을 들이며 공들여 계획을 짰을까.

"왜 생각을 하면 할수록 뭔가 정리되는 게 아니라 더 꼬이고 복잡해지는 거냐…… 끄응!"

진유청이 고개를 마구 흔들어댔다.

몇 가닥 흐름의 끄트머리가 나뉘고 또 나뉘어져 몇 십 몇 백의 가능성으로 불어나 각각 다른 장면을 머릿속에 그리게 하니 혼란스러울 수밖에.

"으아! 그만해야지. 이러다 내 머리가 터지겠다."

베개에 얼굴을 파묻은 진유청이 몸을 웅크렸다.

일단, 포기!

"유청아, 또 악몽 꿔?"

부스럭거리는 소리에 권오현이 미간에 주름을 잡은 채 목을 쭉 빼 진유청의 침상을 살폈다.

혼잣말을 중얼거리다 이불을 걷어차고 뒤척이며 머릴 부여잡는다. 아무래도 심각하게 괴로운 꿈을 꾸는 모양.

권오현이 다가가 유청의 어깨를 잡고 흔든다.

"잠깐 일어나 봐. 일어나서 찬물이라도 한 잔 마시고 다시 자."

그러나 진유청은 이미 까무룩 눈이 감겨 기절한 듯 지쳐 잠든 상태.

"물수건이라도 만들어 올까?"

제갈영이 쪼로록 다가와 물었다.

"그래야겠다. 이 땀 좀 봐. 정말 어디 아픈 거 아냐?"

오현이 녀석이 이마에 손을 짚어 열을 재보니 다행히 뜨겁진 않았다.

하지만 몸 상태도 안 좋은 거 같은데 조심해서 나쁠 거야 없겠지.

권오현은 제 이불과 제갈영의 이불까지 다 끌어다가 진유청에게 몇 겹으로 덮어 주었다.

"감기 걸리면 안 되니까 땀 쭉 빼고, 푹 자라."

그의 호의 덕에 진유청은 커다란 바위에 깔려 허우적대는 악몽에 밤새 시달려야 했다.

"치, 치워줘……!"

웅얼거리며 치대는 잠꼬대가 밤공기를 톡 하고 터트렸다가 사그라지길 반복했다.

"우리 왔다."

진호철이 다른 이들과 함께 상방 오호로 들어가며 말했다.

"어떻게 됐어요?"

며칠째 계속된 악몽에 시달리느라 하루 종일 축 늘어져 있던 진유청이 침상에서 벌떡 일어나며 물었다.

"아무래도 진짜 같다는구나."

보고에서 발견된, 불귀곡의 위치에 대해 적혀 있는 책은 안에 있는 내용이 하나같이 범상치 않아 큰 비밀이 담겨 있는 게 분명하다는 결론이 내려졌다고 한다.

"풀 수 있을 거 같데요?"

"그건 해봐야 알겠지. 우선 제갈세가에서 총력을 동원해 풀이에 들어간다고 하더구나."

"해내기만 하면 제갈세가의 입지가 완전히 굳어질 겁니다."

이현이 무표정한 얼굴로 중얼거렸다.

제갈세가와 사돈으로 맺어져 있는데다 이가연합이란 이름 아래 동맹을 맺고 있는 남궁세가와 극히 사이가 나쁜 진가장이다 보니, 그들의 비상이 문젯거리로 다가온 모양.

"못 풀 거예요."

진유청이 걱정하지 말라는 듯이 형님에게 말했다.

"못 풀어?"

"네. 그럴 거 같아요."

그렇다, 도 아니고 그럴 거 같다라.

유청이 녀석이 종종 쓰는 말투다. 그리고 신기하게도 녀석이 그리 말하면 꼭 그렇게 됐다.

"그걸 못 풀면 장보도의 효용 가치도 사라지고 무림에 풍파가 일지도 않을 테니. 어느 쪽으로 봐도 나쁜 일은 아니겠구나."

어느새 두 아들의 대화에 귀를 기울이고 있던 진호철의 말에 진유청이 동의하듯 고개를 크게 끄덕이다 은근한 어조로 입을 열었다.

"그런데요, 아버님."

"왜 그러느냐?"

"다른 얘긴 안 나왔어요?"

"무슨 얘기 말이냐? 네 녀석과 이현이가 동심회는 절대 불귀곡 장보도에 관여하지 않겠다고 했으니 끼어들지 말라며 두 눈 시퍼렇게 뜨는 사람들이 하도 많아서 그랬나. 이얘기 저 얘기 조금씩 듣긴 했는데 기억이 잘 안 나는구나."

두 아들의 판단이 옳다고 여기고, 거기에 있어 이견이 있는 건 아니지만 그래도 그렇지, 소림이나 무당, 개방의 어르신들은 물론 동심회 다른 식솔들의 의견도 묻지 않고 그렇게 공표를 해 버리면 어쩌자는 건지.

이현이와 소신선 하는 일엔 다 이유가 있을 거라며 괜찮다 껄껄 웃는 어르신들 앞에서 진호철은 정말 몸 둘 바를 몰라 고개를 들 수가 없었다.

"에이, 아버님도 참. 그래서 저는 엄청 쥐어박히고, 형님은 별로 서류 정리 도와드렸잖아요. 이틀 밤 꼬박 새서."

"유청이 네가 누굴 닮아서 그렇게 뒤끝이 긴지 아느냐?"

"……아버님요."

"그래, 알면 됐다."

뒤끝 긴 게 자랑도 아니고, 아버지도 참.

진유청이 속으로 투덜거리면서도 어쩔 수 없어 다시 말을 붙인다.

꼭 알아야 할 일이었으니까.

"진짜 별다른 얘기 더 없었어요? 장보도를 찾아내게 된 경유가 영 미심쩍잖아요. 세상에 절대 공짜는 없다는 거 아버님도 아시잖아요."

진유청은 이게 음모라고 의심하는 이들이 분명 있을 텐데 왜 이렇게 조용하냐고 묻는 거다.

"이각 각주의 정혼녀가 혈사방 출신이라는 증거가 없질 않느냐. 게다가 세간에선 그녀가 보물을 얻기 위해 그에게 접근했다 결국 남각주를 죽이고 보고에서 보물을 탈취하려다 실패했다는 소문이 돌고 있으니."

무림맹 사 천에서 정보를 틀어쥐고 있는 장보도에 관한 것까지야 아직 알려지지 않았지만, 이각 각주의 죽음과 보고 습격 사건은 벌써 파다하게 퍼져 있는 상태였던지라 여기저기서 보태진 말들이 결국 진실과는 거리가 좀 있지만 당장 일어난 현실과는 제법 흡사한 형체를 갖춘 소문을 만들어 냈다.

"하지만요."

"하지만은 무슨, 하지만이더냐. 제갈세가까지 나서서 그 장보도가 진짜인 것 같다고 하는 것을. 제갈가주가 말하길 그 안에 적힌 내용들은 절대 거짓으로 꾸며낼 수 있는 깊이의 것이 아니라고 했다. 사실 나도 좀 찜찜한 부분이 없지는 않아서 조심스레 말을 꺼내 보긴 했었다만……."

"안 먹혀요?"

"동심회는 일단 이 일에 대해선 발언권이 없다고만 하니, 어쩌겠느냐."

진유청이 머릴 벅벅 긁었다.

"죄송해요."

"네 탓이 아니다. 어차피 그 일이 없었더라도 저들은 어떤 핑계든 만들어서 우리 얘기를 막았을 것이다. 당장 꿈을 꿀 수 있는 보물이 있고, 그것에 탐심을 갖고 있는데 그걸 깨려는 이들이 저들 눈에 좋게 보이겠느냐."

그래서 욕심이 무서운 거다.

걱정을 해줘도, 문제점을 가르쳐 줘도 어떻게든 스스로 원하는 대로 끼워 맞춘 뒤 외면해 버리니까.

"그러다 나중에 피눈물 흘리게 될지도 모르는데."

지금은 알지만, 그도 과거엔 몰랐다.

그렇기 때문에 유청은 보물에 목숨을 거는 이들을 마냥 한심하게 생각할 수만은 없었다.

바른 길은 아니더라도, 그 또한 너무나 간절한 마음이자 바람이었기에.

"휴우."

작은 한숨과 함께 진유청이 제 품속에 손을 넣었다.

손가락 끝에 닿아 오는 서늘한 쇠의 기운.

내가 정신 똑바로 차려야 해.

진유청이 두 눈에 잔뜩 힘을 줬다.

불귀곡의 장보도가 나타난 이후, 진유청을 내내 짓누르는 그것은 언제나 되돌아오는 운명의 굴레.

다시 태어난 진유청의 세상은 분명 이전과는 달랐다.

하나 그럼에도 불구하고 세상을 이끄는 거대한 흐름만큼은 변하지 않은 채 그 틀을 유지하고 있었다.

그러니 그 틀 속에 진가장 혈사가 없으리란 법도 없지.

과거엔 분명 불귀곡 혈겁 이전에 진가장 혈사가 일어났었다.

"이번엔 절대 실수하지 않아."

확실히, 똑똑히 잘라내 버릴 것이다. 그것만큼은.

진유청이 다른 누구도 아닌 자기 자신을 향해 말했다.

그리고 그날 밤.

퍼억!

"오현이 너!"

진유청은 자신이 왜 밤마다 바위에 짓눌린 꿈을 꾸는지 알게 됐다.

역시 선의도 업인 것처럼, 호의도 덕(德)이 돼 돌아오는 것만은 아닌 듯.

"흑…… 나쁜 놈! 밤엔 끙끙대서 감기 기운이라도 있나 하고 덮어 주고, 아침엔 다 차 버리고 자기에 더운가 싶어서 바닥에 떨어진 이불 다 주워서 갠 다음 치워 뒀던 건데. 다 저 생각해서 그런 건데!"

진유청에게 이불을 덮어 주려 했다가 발길질을 당한 권오현이 옆구리를 부여잡고 훌쩍거렸다.

"유청이 형, 너무 심하셨어요. 오현이 너도 그만 울고, 응?"

제갈영이 새치름히 유청을 쏘아본 다음 오현을 달랜다.

"내가 뭘!"

자신은 바위에 짓눌려 몇 날 며칠을 괴로워하며 시달리

다 잠에서 깼는데!

"이건 유청이 니가 잘못한 거 맞아."

갑작스런 소란에 부스스 잠에서 깨 일어난 한수도 유청의 편은 아닌 모양.

녀석도 오현이 있는 쪽으로 다가가 허리에 양손을 올리고는 게슴츠레한 눈으로 유청을 직시했다.

아…… 이 못돼 처먹은 녀석들!

자신은 무림의 평화와 안녕을 위해 매일 밤 머릴 싸매고 고민하다 지쳐 잠이 드는 데!

그렇게 겨우 쉴 수 있는 잠자는 시간마저 괴롭게 만든 장본인에게 사과를 하란 거야, 지금?

진유청의 눈썹이 신경질적으로 쭉 치켜 올라갔다.

"됐어, 다들 그만해. 유청이 입장에선 화날 수도 있는 거지, 뭐. 나도 이제 괜찮아졌어."

오현이 두 팔을 휘저으며 친구들을 말렸다.

이러다 유청이랑 한수랑 싸움이라도 나면 어차피 권오현 자신만 청소하랴, 정리하랴, 애들 달래랴 더 피곤해질 게 분명했으니까.

권오현이 옆구리를 부여잡고는 쩔뚝거리며 이불을 치우자, 진유청이 멈칫했다.

녀석이 저리 나오니 화가 가라앉음과 동시에 미안한 마음이 불쑥 고개를 쳐든 것이다.

사실 말이야 바른 말이지.

오현이 같은 녀석이 어디 있다고. 다 진유청 자신을 생각해서 그런 건데.

진유청이 오현에게 다가가 녀석을 검지로 쿡 찔렀다.

"미안. 많이 아팠냐?"

권오현이 고개를 저으며 대답했다.

"지금도 많이 아파."

아팠던 과거가 아니라, 아픈 현재가 이어지고 있다는 시위.

"……으응. 그, 그래. 다신 안 그럴게. 아깐 나도 모르게 그만 발이 먼저 나간 거 있지."

진유청이 머릴 긁적이며 사과하자 권오현이 하던 일을 멈추고 몸을 돌려 녀석과 마주 봤다.

"요즘 걱정되는 거 있냐?"

신경 쓰이는 건 옆구리의 통증이나, 유청이 성격이 정말 더럽다는 걸 새삼 깨달았다거나 하는 게 아니라. 저 녀석이 왜 안 어울리게 저렇게 악몽에 시달리면서 괴로워할까 하는 거였다.

"뭐, 조금."

"말해도 되는 거면 속 시원하게 털어놔 봐. 그럼 좀 괜찮아질지도 모르잖아."

진심이 담긴 걱정에 진유청이 멋쩍은 얼굴을 했다.

자신이 앞으로 어떤 사람이 되더라도, 어떤 위치에 있게 되더라도 친구 앞에선 그냥 친구다.

학관에선 소신선이라 불리고, 맹 내에선 개망나니로 손가락질 당하지만 여기 상방 오호 권오현 앞에선 밥 잘 안 먹으면 걱정되고 잠 잘못 자면 신경 쓰이는 거추장스런 존재. 그래도 그냥은 못 놔두겠어서 이불 몇 장 덮어줬다 사달이 나고야 마는 그런 사이.

그런 친구, 진유청일 뿐인 것이다.

그래서 편해졌다.

앞으로 닥쳐올 일이나, 자신이 지나온 과거를 헤집어 머릿속을 짜 맞추는 일을 잠시나마 멈출 수 있었다.

"잠도 다 깼는데, 야식이나 먹을까?"

진유청이 말을 돌리자, 오현도 한수도 두 번 묻지 않고 그냥 넘어가 줬다.

"그래. 사모님이 만들어 주신 군것질거리 저기 어디 놔뒀는데?"

간식을 찾느라 오현이 부산을 떨자 제갈영이 냉큼 곁에 따라붙었다.

오랜 시간을 함께 나눈 세 사람과 달리 반강제로 달라붙어 옆자리를 차지하게 된 제갈영은 소외감을 느낀 모양이었다.

권오현은 그런 제갈영을 보며 혀를 차더니, 그래도 찾은 간식을 제일 먼저 입에 넣어줬다.

"저건 친구가 아니라, 보모군."

"그러게. 의형제도 아니고, 보모였어."

하고 나서 보니 이보다 더 어울릴 수 없달 정도로 오현과 제갈영에게 딱 맞는 말이었기에 진유청과 정한수가 얼굴을 마주보며 피식 웃었다.

휴식의 밤이 잠시 멈췄던 걸음을 이어 나간다. 그가 걸었던 흔적을 쫓아 저 멀리서 새벽이 달려오고 있었다.

第三章

혈사방의 소방주!

이원형은 물끄러미 창밖을 바라보고 있었다.

하는 일도 없이 멍하게 앉아 하루 종일 이러고 있다 보니, 제 방 창밖 풍경의 아주 소소한 것까지 머릿속에 그려져 외워질 지경이었다.

"왕부로 돌아가고 싶다."

엄하고 무서운 양부와 자신에게 거리감을 두고 대하는 식솔들로 인해 항상 외로웠지만 그래도 그곳이야말로 이원형의 집이었던 것이다.

"언제쯤 갈 수 있을까. 그럴 기회가 오기는 하는 걸까."

귀하게만 자라왔던 이원형도 이렇게 험한 곳에 홀로 내팽개쳐져 겁에 질린 채 떨다 보니 저가 딛고 선 곳이 얼마나 얄팍하고 부서지기 쉬운 유리 위였는지를 깨닫게 된 듯.

"날 위해서라고 하셨는데."

환성 숙부는 분명 그리 말했다.

왕부를 떠나올 때, 원래 자신이 있었어야 했던 자리로 돌려보내 주는 거라며 아버지의 것을 원형에게 줄 것이라 했다.

물론 지금은 그의 말을 더 이상 믿지 않지만.

환성이 자신의 손을 놓아 버리고 혈사방주 이두원과 거래를 시작한 순간부터 이원형 또한 그를 놔 버렸다.

……아니, 아니다.

사실 그래야만 한다고 몇 번이나 다짐했는데 생각처럼은 잘 안 됐다.

당장에라도 숙부가 와서 두 팔을 벌려 자신을 안아준다면, 다시 손을 내밀어 이곳에서 나가게 해준다면.

한바탕 크게 울고 정말 미웠다고 투정을 부린 후, 용서해 줄 거라고.

그러니까 제발 다시 와서 자신을 데려가 달라고 마음속 깊은 곳에선 간절하게 바라고 있었던 것이다.

드드득.

인기척도 없이 방문이 열리고, 이젠 제법 익숙해진 얼굴 하나가 불쑥 안으로 들이밀어졌다.

"공자님. 오늘도 그러고 계신 겁니까?"

적설(赤舌) 사군평이 환하게 웃으며 이원형에게 말을 건 냈다.

"……이거 말곤 할 게 없어서요."

이원형이 고개를 푹 숙인 채 웅얼거렸다.

친숙부인 이두원이 아버지를 죽였고 사군평이 그것을 도 왔다곤 해도…… 얼굴도 모르고, 어떤 사람이었는지에 대 해서도 알지 못하는 아버지란 존재는 이원형에게 크게 다가 오지 못했다.

게다가 사군평은 자신이 혈사방에서 살게 된 후, 자신을 찾아와 말을 걸어주는 유일한 사람이었던 것이다.

"흐응. 이를 어쩌나. 혈사방에선 공자님과 친구가 될 또 래 아이들을 찾기도 어렵고, 취향에 맞는 놀이거리도 없으 니."

사군평이 이원형의 맞은편에 앉으며 중얼거렸다.

"……저는 괜찮습니다."

비록 말뿐일지는 몰라도' 호의를 베풀려 애쓰는 그로 인 해 이원형의 눈가가 붉어졌다.

"이런, 이런. 서경왕 주익 전하가 가장 아끼시는 자식이 자 전대 혈사방주의 하나밖에 없는 아드님께서 이렇게 성정 이 유하셔야 쓰겠습니까?"

원래 이원형은 서경왕부에서는 항상 주눅이 들어 있어 이리저리 치이기 일쑤였지만 연이 상단에서는 환성을 등에 업고 제 하고픈 걸 마음껏 하는 천방지축이었다.

그러니 딱히 성정이 유해서라기보단, 그 나이 때의 평범한 아이들이 으레 그렇듯 힘든 일을 이겨 낼 용기는 없고, 겁은 많아 뭘 어찌해야 할지 모르는 상태에 빠져 있을 뿐이라 할 수 있었다.

사군평쯤 되는 이가 그런 사실을 눈치채지 못했을 리가 없지만, 그는 혀에 착착 감기는 달콤한 사탕처럼 이원형의 마음을 녹였다.

"방주님께는 제가 말씀드릴 테니, 하고 싶은 게 있으면 말씀하십시오. 왕부해서 하던 공부를 계속 이어 하셔도 좋고, 혹시 무공이 배우고 싶으시다면 사람을 붙여드리지요."

"왜 제게 이렇게 잘해주세요?"

이원형의 물음에 사군평이 얇은 입술을 좌우로 당겨 가느다랗게 미소 짓는다.

"공자님께선 귀한 대접을 받으실 만한 분이니까요."

"……제가요?"

어디서도 제자리를 찾지 못하고 이리저리 떠밀리기만 하다 결국 아버지처럼 따르던 환성 숙부에게마저 버림받은 자신이 정말 귀한 대접을 받을 만한 사람인 걸까?

"네. 저는 그렇게 믿습니다. 그러니 공자님께서도 저를 믿고 그렇게 생각해 주십시오."

부드러운 어조로 대답하는 사군평의 등 뒤에서 후광이 비쳤다.

그리고 이원형은 분명, 그 빛을 보았다.

"그 아이에게 선생을 붙여 주었다지?"

"네. 하도 심심해하기에 쓸 만한 이들로 몇 골라 보냈습니다."

"자네를 아주 잘 따르겠군."

"당연하지요. 그래야 저도 귀한 시간을 쓰는 보람이 있지 않겠습니까?"

사군평이 눈가를 부드럽게 휘며 대답했다.

혈사방주 이두원이 그런 사군평을 물끄러미 바라보다 피식 웃었다.

"재미있어 하는군."

사군평은 부정하지 않았다.

"전 어렸을 때부터 말 잘 듣는 작은 동물을 키워보고 싶었습니다만 그럴 만한 여유를 갖지 못해 지금껏 그 소망을 이루지 못했습니다. 한데 연이 상단주가 이렇게 제게 생각지도 못한 선물을 주었으니 최대한 기회를 즐겨봐야지요."

"뭐, 그러도록 하게나. 어차피 그 아이에 관한 것은 모두 자네에게 일임한 상태이니."

이두원은 전혀, 라고 해도 좋을 만큼 이원형에게 관심이 없었다.

"저는 그 아이를 최대한 빨리 소방주 자리에 앉히고 싶습니다."

"뭐라?"

나른한 자세로 태사의 깊숙이 몸을 묻고 있던 이두원이 상체를 세웠다.

그만큼 사군평이 한 말은 의외였다.

"이왕 가지고 놀 패면, 높은 자리에 올려놔야 쓸모도 더 커지는 법 아니겠습니까?"

틀린 말은 아니다.

그러니 처음 원형을 쥐고 있던 연이 상단주도 녀석을 차기 후계자로 지목해 달라고 거래를 해온 게 아니겠나.

이두원이 손끝으로 태사의 팔걸이를 투둑 투둑 두들기며 사군평을 내려다봤다.

"그 아이를 후계자 자리에 올리면 연이 상단주가 다시 접촉을 해올 텐데, 자신 있나?"

이원형과 연이 상단주의 관계는 아주 각별해 보였다. 처음 봤을 때부터 원형이 그를 얼마나 신뢰하고 따르는지가 한눈에 느껴졌으니까.

비록 연이 상단주가 원형을 배신하긴 했지만, 아직 어린 데다 이곳에 정을 붙이지 못하고 있던 원형이라면 다시 그의 손을 잡으려 할지도 몰랐다.

이두원은 사군평에게 이원형이 제 아비처럼 따르던 연이 상단주를 돌아보지 않게 만들만큼 아이의 마음을 얻었는지에 대해 묻는 거다.

"작은 짐승일수록 본능에 더 충실한 법입니다. 누가 자기를 살려주었는지에 대해 잘 알고 있을 겁니다. 그러니 누가 자기를 버렸는지에 대해서도 뼈저리게 느끼고 있겠지요."

사군평이 주워 주지 않았다면 모를까.

이미 새로운 주인을 찾은 마당에 이제 와 저를 내쳤던 이에게 한 점 마음을 줄 리가 없다.

많이 따르고 좋아했던 만큼, 미움은 몇 배로 커진 채 되돌려져 심장을 꿰뚫었을 테니까.

"자네가 그렇게 말하는 걸로 봐선, 자신 있나 보군. 그럼 그리하도록 하지."

혈사방의 앞날을 결정하는 중요한 선택이었지만, 이두원은 깊이 고민하지 않고 결정했다.

난폭하고 참을성이 부족하지만, 대신 결단력과 추진력만큼은 타의 추종을 불허한다는 이두원이라 해도 너무 과했다.

하나 그의 이야기를 듣는 사군평의 얼굴은 평온하기 그지없었으니.

"잘 생각하신 겁니다, 방주님."

아무리 저가 먼저 꺼낸 이야기라 해도 너무 아무렇지도 않게 넙죽 받아먹는다.

"어차피 이제 와선 누가 되도 상관없는 후계자 자리 아닌가. 마음대로 쓰게나."

이두원이 손을 내저었다.

"감사합니다."

사군평이 깊숙이 허리를 숙였다.

대전에서 나온 사군평이 자신의 집무실로 향해 걸어가고 있을 때 그의 뒤를 쫓는 이가 있었다.

사군평은 굳이 뒤를 돌아보지 않았다.

보지 않아도 누군지 알 수 있었으니까.

어스름히 지는 태양을 등진 채 걸어가다 보니 저가 가는 방향을 향해 길게 뻗어 나온 제 그림자에 겹쳐지는 그것이 아주 작았기 때문이다.

천천히 걸음을 옮기던 사군평이 갑자기 걸음을 멈춰 섰다.

쿠웅!

이원형은 사군평의 걸음을 쫓는 데만 열중하여 재게 다리를 놀리던 중이었기에 그가 멈춰 선 줄도 모르고 앞으로 가다 그만 그의 등에 부딪쳐 버린 거다.

"아얏!"

뒤로 나자빠진 이원형이 바닥에 부딪쳐 아픈 엉덩이를 손으로 쓸어내리며 일어났다.

"괜찮으십니까?"

사군평이 부드러운 어조로 물으며 이원형이 일어나는 걸 도와줬다.

"……네."

"하실 말씀이라도 있으셨던 겁니까? 대전을 나서자마자부터 절 따라오신 것 같은데."

"아셨어요?"

"그럼요. 설마 모를 거라 생각하셨습니까?"

사군평이 되묻자 이원형이 난감한 표정을 지었다.

알면서도 모른 척한 거라면, 괜히 따라왔나 싶었던 거다.

"기척을 죽인 채 살금, 살금 다가오시는 게 들키고 싶지 않아 하시는 거 같아 일부러 모른 척한 겁니다."

사군평의 말에 이원형의 표정이 확 밝아졌다.

그는 확실히, 아이를 잘 다뤘다.

그의 별호답게, 아이만 잘 다루는 건 아니겠지만.

"제 집무실엔 한 번도 가본 적이 없으시지요? 이왕 여기까지 함께 왔으니 가서 차라도 한 잔 드시겠습니까, 공자님?"

사군평의 초대에 이원형이 크게 고개를 끄덕거렸다.

아직 나이가 어려 차의 맛을 알거나, 차를 즐기는 건 아니지만 사군평과 보내는 시간은 좋았다.

그리고 진짜로 할 얘기가 있기도 했고.

"가시지요."

사군평이 이번엔 이원형과 나란히 서서 걸어갔다. 처음엔 조금 빨라서 힘들었던 걸음이 서서히 느려져 이원형과 보조를 맞춰줬다.

그래서 이원형은 자신이 하려는 말에 용기를 낼 수 있었다.

"저기요……."

"말씀하십시오."

"오늘 처음으로 제게 군사님 말고 다른 손님이 찾아왔어요."

사군평의 입가가 슥 말려 올라갔다. 하나 그 미소는 언제 그랬냐는 듯이 지워지고 그는 처음과 다르지 않게 덤덤한 표정으로 말문을 열었다.

"잘된 일입니다. 공자님도 이제 혈사방에 적응하신 모양입니다, 친구도 사귀시고."

"친구 아니에요."

이원형이 고갤 젓는다.

"그럼……?"

"예전에 아버지를 따르던 사람들 중 하나라고 하더라고요."

풀이하자면 현 혈사방 방주에게 반기를 들 가능성이 있는 무리들이란 소리.

"……그런 말을 제게 해주셔도 됩니까?"

사군평이 짐짓 걱정스러운 얼굴로 목소리를 낮췄다.

"어차피 그들도 절 이용하려는 것뿐일 텐데요, 뭐."

환성 숙부처럼 말이다.

이원형은 이제 그런 이들에게 속지 않을 것이다.

"저는 그들과 다른 것 같습니까?"

사군평의 물음에 이원형이 멈칫했다. 녀석이 사군평을 올려다본다.

잠시 머뭇거리고, 조금 고민하던 이원형이 입을 열었다.

"아무도 돌아봐 주지 않을 때 제게 친절하게 대해 주셨잖아요. 처음 뵌 날부터 지금까지 계속요."

"그래도 사람은 함부로 믿는 게 아닙니다. 아무리 저라도 말입니다. 저도 혈사방의 군사로서 마음과는 달리 어떤 일을 꼭 해야만 할 때도 있으니까요."

사군평이 낯빛을 굳히며 하는 말에 이원형이 안타까운 눈빛을 보냈다.

그가 오히려 솔직하게 속내를 보여주는 게 더 크게 마음에 닿아 왔으니까.

그는 아닌 척하면서 자신을 배신하는 다른 사람들과는 다르다고. 그렇게 생각하고 싶었다.

사실 이원형은 더 이상 버림받지 않기 위해 필사적이었다.

누구에게 붙어야 자신이 살아날 수 있을지, 이 험한 곳에서 버티고 스스로를 지탱할 수 있을지 본능적으로 알아챘으니까.

"오늘은 한 명만 왔는데, 동료가 더 있다고 했어요."

이원형이 말했다.

"들어가서 마저 이야기하도록 하지요. 저도 공자님께 드릴 선물이 있답니다. 아마 아주 마음에 들어 하실 겁니다."

사군평이 손을 내밀었다.

이원형의 나이가 아직 어린 편이기는 해도, 더 이상 누구의 손을 잡고 다녀야 할 만큼 아이는 아니었다.

하지만 손을 내민 사군평도, 그 손을 주저하지 않고 잡는 이원형에게도 이것은 상징적인 의미가 있었다.

이원형을 버렸던 연이 상단주 환성과의 관계가 단절되고 새로운 인연이 맺어졌음을 뜻했으니까.

이원형은 이로서 혈사방에서 둥지를 틀 수 있는 새로운 그늘을 얻게 된 것이다.

"오실 거란 걸 알았으면 다과를 준비해 놓으라 미리 일러났을 것을요."

사군평과 이원형이 이런저런 이야기를 주고받으며 집무실로 향했다.

연이 상단의 본거지는 북경에 있었다.

황제가 너무나 아끼는 의제를 자주 보고자 황궁에서 멀리 떨어지지 않은 곳에 자리를 잡아 주었기 때문이다.

황제의 전폭적인 지지 아래 갈수록 세를 더해가는 이곳이 고관대작들의 저택이 즐비하게 늘어서 있는 중심가에서도 단연 눈에 띄는 화려함을 자랑하는 건 어찌 보면 당연한 일이었다.

그런 연이 상단에서도 가장 깊숙한 곳, 물 샐 틈 없는 호위를 받으며 한가로이 책장을 넘기는 사내가 있다.

첫눈에도 호감이 갈 좋은 인상을 가진 사내는 남보다 조금 밝은 빛깔의 눈동자를 가지고 있었는데, 그 눈동자가 빛 아래 반짝이며 따스하게 빛 날 땐 세상에 봄이 온 것처럼 주위가 부드러워졌다.

바로 환성, 연이 상단의 주인이다.

"집중이 안 되는군."

그가 반쯤 읽던 책을 덮어 탁자 위에 내려놓았다.

희미하게 찌푸려진 눈가에 간 주름이 그의 심기가 편치 않음을 알려주는 듯했다.

"저 왔습니다."

밖에서 들려오는 소리에 환성이 고개를 끄덕이자 조용히 문이 열렸다.

호위를 하고 있던 사내들 중 하나가 모습을 드러낸 것이다.

막수곤이 문을 열어준 사내에게 눈짓으로 인사를 건넨 뒤, 환성의 앞으로 갔다.

"내가 알아보란 건 알아보았느냐?"

"네. 한 치의 거짓도 없는 사실이라고 합니다."

"하아. 어찌 이런 일이."

환성이 입술을 질끈 깨물었다.

"왜 그러십니까? 오히려 잘된 일 아닙니까? 끈 떨어진 연 신세로 여기저기 발에 채이던 그분이 혈사방의 소방주가 됐으니 말입니다. 게다가 그분이 상단주님을 얼마나 따르셨습니까?"

막수곤의 대답에 환성의 눈가에 진 주름이 한층 더 깊어졌다.

그가 그 날 그 자리에 없었기에 저런 말도 할 수 있는 거라 생각하니 그때 놓아 버렸던 작은 손에 더없는 죄책감이 밀려 왔다.

"혈사방주와 적설이 원형 그 아이를 어떻게 휘두르려는 건진 알 수 없으나, 소방주가 된 게 원형에게도 딱히 좋은 일은 아닐 거네."

물론 연이 상단과 환성 자신에게도 반가워할 만한 일은 아니지만 말이다.

막수곤은 주인의 표정이 영 좋지 않자 더 이상 말을 꺼내지 않았다.

혈사방에 다녀온 후로 주인은 종종 저렇게 안타까운 얼굴을 하고는 한숨을 내쉬었는데, 그게 이원형과 관련된 일일 거라는 건 어느 정도 예상할 수 있었으니까.

"무림맹에도 이 일이 알려졌는가?"

"아마 그럴 겁니다."

연이 상단이 아는 걸 무림맹에서 모를 리가 없었다.

"무림맹에서 원형에게 크게 관심을 가지면 곤란한데. 그랬다간 원형에게서 우리에게로 이어진 흔적이 발견될지도 모르니."

"아마 그렇게까지 신경을 쓰진 못할 겁니다. 무림맹이 네 개로 찢어진 후론 서로를 견제하느라 과거처럼 혈사방의 일에 눈 돌릴 수 없을 테니까요."

"그럼 다행이고."

환성이 나직한 어조로 중얼거렸다.

"혈사방의 일은 어떻게 할까요? 조용히 전갈을 보내는 게 어떻겠습니까?"

이원형이 소방주 자리에 오른다고 하니, 완전히 모르는 척할 수는 없는 일 아닌가.

사람을 보내 축하하기엔 너무 눈에 띌 테니, 다른 방법을 사용하는 게 날 거라 여긴 거다.

"내가 그래도 될지 모르겠군."

혼자 힘겹게 버티고 있는 아이가 연이 상단을 떠올리고 그리워하며 더 괴로워하게 될지도 모르지 않나.

"그분이 소방주 자리에 오른 게 스스로의 힘은 아니겠지만, 그래도 정통 후계자로서 명분까지 갖춘 상태이니 앞으로 잘만 되면 확실히 자리를 잡을 수 있게 될 겁니다."

연이 상단이 그 뒤를 받치고 도움을 주기만 한다면 말이다.

위험은 클지라도, 그렇기 때문에 얻게 된 열매는 더 달콤할 터.

"그건 그렇지. 원형을 왜 소방주 자리에 올렸는지는 모르겠지만 혈사방주나 적설이 그냥 그런 짓을 하지는 않았겠지."

이왕 이렇게 된 거, 그 틈을 비집고 들어가 원형을 보호하고 연이 상단도 이득을 볼 수 있는 방향으로 움직이면 서로에게 좋은 결과를 만들어 낼 수 있을 것이다.

"전갈은 내 직접 쓰도록 할 테니, 최대한 빨리 그리고 은밀하게 원형에게 전하도록 하게."

"알겠습니다."

막수곤이 대답했다.

"다 쓰고 나면 부를 테니 쉬고 있게나."

근래 연이 상단 내에도 일이 많아 피곤함에 지친 막수곤의 낯빛이 마음에 걸렸는지 환성이 부드러운 어조로 말했다.

하나 막수곤이 고개를 젓는다.

"빨리 해야 할 일이니, 기다렸다가 받아서 바로 처리하겠습니다."

"고집하고는. 그럼 의자에 앉아서 기다리도록 하게."

환성이 제 맞은편에 있는 의자를 가리켰다.

막수곤은 이번에도 사양하려 했지만 주인이 눈짓으로 의자를 가리키며 재차 권하니 어쩔 수 없이 몸을 쉬었다.

저렇게 마음 씀씀이가 넉넉한 주인은 세상 어디에서도 찾아보기 어려우리라 생각하면서.

그 사이 쓸 것을 준비한 환성이 흰 종이 위에 먹물을 담뿍 묻힌 붓을 가져다 댔다.

하나 몇 번이나 멈칫거리며 흔들리는 손으로 인해 잠시 붓을 내려놓은 환성이 호흡을 가다듬었다.

그가 다시금 흰 종이 위에 손을 올리고. 잠시 후, 흰 종이 위에 빼곡하게 검은 글자가 수놓아졌다.

"제가 정말 이 자리에 앉아도 되는 거예요?"

이원형은 질리지도 않고 몇 번이나 물었다.

"원래 공자님, 아니, 소방주님께서 앉으셨어야 할 자리가 맞습니다."

사군평은 지치지도 않고 계속해서 대답해 준다.

"제가 자꾸 물어 귀찮으시죠? 아직도 믿기지가 않아서요."

"아닙니다. 믿어지실 때까지 물어보셔도 됩니다. 대답 몇 마디 하는 게 무어 어려운 일이라고요."

말은 그리하지만, 사군평은 사실 자신의 말 한마디가 금과 같다 여기는 이였다.

그러니 이렇게 이원형에게 대답해 주는 말 한마디 한마디는 모두 값이 매겨지고 있는 것이다.

그리고 그 값이 정확히 치러지고 있다고 여겼기에 사군평은 앞으로도 계속 이원형이 몇 번을 물어도 모두 대답해 줄 용의가 충분히 있었다.

"한데 괜찮으시겠습니까? 소방주 자리에 오르시는 중요한 날인데 축하 연회도 없이 이렇게 썰렁해서야 말입니다."

혈사방주 이두원은 혈사방의 주요 인물들을 모아 놓고 이원형을 소방주 자리에 앉히겠다고 천명하는 걸로 단번에 일을 마무리 지어 버렸고.

오늘이 바로 정식으로 이원형이 소방주 자리에 앉기로 한 날이다.

원래도 세심한 구석이 없는 데다, 의식 같은 것엔 관심이 없는 이두원이었기에 이원형의 소방주 취임식은 그저 간단히 사실을 공표하는 걸로 끝이 난 것이다.

"에이, 제가 애도 아니고. 그런 건 필요 없습니다."

수많은 사람들 앞에서 으쓱 댈 기회를 놓친 게 아쉽긴 했지만, 어쨌거나 자신이 소방주가 됐으니 앞으로 또 그럴 수 있을 만한 일이 생길 거라고 여겼다.

"그래도 그럴 수야 없지요. 하지만 오늘은 방 내부가 조금 소란스러우니 그냥 넘어가도록 하고, 나중에 제가 작게라도 연회를 따로 준비하도록 하겠습니다."

사군평의 말이 끝나기가 무섭게 소방주의 처소 바깥쪽이 소란스러워진다.

쟁, 채앵!

병장기 부딪치는 소리가 요란하게 울려 퍼졌다.

"무슨 일이죠?"

이원형이 잔뜩 겁에 질려 사군평의 소맷자락을 잡는다.

"누구 없느냐?"

사군평이 밖을 향해 외치자마자 벌컥 문이 열리더니 손에 검을 든 혈랑대 무사 몇 명이 안으로 들어왔다.

"옥에 가뒀던 반도들을 처형하는 과정에 문제가 생겨 그들 중 몇이 탈출을 했는데 하필 이쪽으로 도망을 쳐서……"

"소방주님이 놀라시지 않게 빨리 일을 처리해라."

눈살을 찌푸린 사군평이 말하자 일제히 고개를 숙여 보인 무사들이 밖으로 나갔다.

"으아아악!"

바깥에서 들려오는 비명 소리에 이원형이 몸을 부르르 떨자 사군평이 그를 달랬다.

"소방주님의 처소는 혈랑대가 책임지고 보호하고 있으니 걱정하지 않으셔도 됩니다."

이원형이 힘겹게 고개를 끄덕이더니 저도 모르게 닫혀 있는 창문 쪽으로 시선을 돌렸다.

왠지 코끝으로 훅, 하고 짙은 피비린내가 풍겨 오는 것 같다.

사군평과 친해지기 전 매일 바라보던 창밖의 풍경에 핏빛 비가 내려 있을 걸 생각하니 마음이 편치 않았다.

그때 창밖에서 누군가의 외침이 들려왔다.

"워, 원형이 네가 어찌!"

이원형이 깜짝 놀라 눈을 크게 뜬다.

"방금 누가 절 부른 거 같아요."

사군평이 희미하게 눈가를 찌푸리더니 이내 아무렇지도 않은 어조로 대답했다.

"그럴 리가 있겠습니까?"

"으음. 못 들었나 봐요."

이원형이 배시시 웃으며 머릴 긁적거렸다.

"워, 원형이·네가······!"

또다시 들려오는 목소리. 이번에는 분명히 귀에 파고들

었다.

그러나 이원형은 못 들은 척했다.

밖에서 무슨 일이 벌어지고 있는지 알고 싶지 않았다.

사군평이 이원형의 머리를 쓰다듬더니 소맷자락을 뒤적여 서찰 한 통을 꺼내 보였다.

"아, 잊고 있었는데…… 소방주님 앞으로 이런 게 와 있었습니다."

이원형이 고개를 갸웃거리다 서찰을 받아들더니만 얼굴을 딱딱하게 굳힌다.

질 좋은 봉투에 부드럽게 새겨진 글씨. 글자 하나 하나에 온기가 스며 있는 것 같다.

"읽어보십시오. 소방주님을 위해 연이 상단주께서 직접 쓰신 것 같은데."

사군평의 말에 이원형이 서찰을 물끄러미 바라보다가 그대로 찢어 버렸다.

종이가 찢겨 바닥에 내리깔렸다. 마치, 흰 눈처럼.

이원형의 눈가에서 눈물이 뚝뚝 떨어져 흰 눈을 적시자 잘게 쪼개진 검은 글자가 점점이 번져 얼룩을 만든다.

"슬프십니까?"

"아니요. 화가 나서요. 날 버리고 간 사람이 내가 소방주가 됐다고 축하하는 편지를 보낸 게 너무 기가 막혀서요."

"더 말하지 않으셔도 됩니다."

사군평이 이원형의 어깨를 토닥인 후, 창가로 걸어갔다.

모르는 척해 주는 거다.

그는 닫힌 창문을 한 뼘쯤 열고 바깥 구경을 시작했다.

전대 혈사방주를 추종하던 무리들과 이원형이 소방주 자리에 오른다는 사실에 혹하여 이두원을 배신하려던 이들이 한꺼번에 목이 잘려 나가고 있었다.

"하필, 오늘이람. 하여간 우리 방주님 성격도 알아줘야 한다니까?"

사군평이 무심한 어조로 중얼거린다.

설마 도망도 일부러 치게 한 건 아니겠지?

바로 여기. 이 창가가 바라보이는 곳에서 죽이기 위해서.

아무래도 자신이 생각하는 설마가 사실일 거란 강한 확신을 느끼며 사군평이 조용히 창문을 닫았다.

第四章

제갈세가의 실착!

"큰일이군."

제갈인창이 딱딱하게 굳은 얼굴로 중얼거렸다.

정좌를 한 채 앉아 있는 그의 앞엔 작은 탁자가 자리 잡고 있었는데, 그 위에 놓인 책 한 권이 그에게 번뇌를 일으키는 원흉이었다.

"타 천의 인사들이 계속해서 장보도 해석에 관한 진행 상황에 대해 묻고 있습니다. 아직은 아무런 수확이 없다고 해도 별말 없이 돌아가고 있지만……."

이게 얼마나 갈는지.

제갈건이 말끝을 흐렸다.

사실 제갈세가가 장보도를 선점하는 것에 불만을 품은

이들의 수가 적지 않은 데다, 그들이 다른 문파까지 충동질해 문젯거리를 만들려 하는 조짐이 엿보인다는 보고도 받은 터였기 때문이다.

타앙!

제갈인창이 손바닥으로 탁자를 내려쳤다.

"보물을 숨겨둔 장소를 찾아내는 게 그렇게 쉽다면, 어찌 아직까지 아무도 찾아내지 못했을까!"

귀한 것일수록 더 깊숙이 꽁꽁 숨겨져 있는 법이란 걸 왜 모른단 말인가.

"그러게 말입니다."

제갈건이 동의했다.

사실 장보도는 이것을 풀 수 있는 이만이 자기가 남긴 유산을 얻을 자격이 있다는 오만함 아래 만들어지는 거다.

그러니 쉽게 풀 수 있는 문제를 적어 놓을 거라면 애초에 장보도 따위를 남길 이유도 없는 것이다.

제갈인창이 이를 으득 깨물며 손을 뻗어 장보도를 펼쳤다.

책장을 한 장 한 장 넘길 때마다 제갈인창의 희고 탐스러운 수염이 부르르 떨렸다.

해석하기 어려울 거라곤 생각했지만 그래도 이 정도일 줄은 몰랐다.

첫 장엔 그림이 그려져 있고, 다음 장엔 옛 시의 한 구절

이 적혀 있다.

그 다음 장엔 현기가 가득한 글귀가 잔뜩 쓰여 있는데, 그게 무얼 뜻하는지 알 도리가 없으니 제갈인창은 살면서 처음으로 자신의 머리가 나쁜 게 아닌가 하고 생각해야 했다.

그리고 그 다음 장은……

이렇게 매 장마다 새로운 문제가 툭툭 튀어나와 머리를 어지럽히니, 무엇에 집중해 풀이를 시작해야 할지조차 감이 오지 않았다.

그렇다고 이 책이 엉터리로 쓰인 것이냐 하면 그건 또 절대 아닌 것 같았으니.

보면 볼수록 느껴지는 깊이가 학문적 깨달음을 불러일으킬 정도였다.

"세가로 돌아가서 조용히 연구하다 보면 답이 나올 것도 같은데, 쯧!"

다른 문파 인사들이 제갈세가가 독자적으로 행동하는 걸 그냥 두고 볼 리가 만무했다.

지금 당장만 해도 무림맹 내에서 제갈세가의 식솔들이 머무는 이곳에 타 천의 사람들이 즐비하지 않은가.

장보도를 노리는 무리들에게서 제갈세가를 보호하기 위해서란 명목이긴 했지만, 말이 좋아 그렇지 제갈세가나 타 문파에서 장보도를 빼돌리거나 수작을 부리는 일이 없도록 하기 위해 서로를 감시하고 있는 상황이란 걸 모른 척하고 있을 뿐이었다.

"이런 일은 조용히, 은밀하게 처리해야 하는 건데 소문이 너무 크게 나 버렸으니⋯⋯."

장보도에 대해 아는 이들은 무림맹 수뇌부들과 그들의 직계제자 정도지만 그렇다고 해서 그 수가 적다곤 할 수 없었다.

비밀이 왜 비밀인가?

자신이 뭔가를 했을 때 남들이 알아채지 못해야 비밀인 것이다.

그래야만 남들보다 행동과 선택의 폭이 넓어지고, 비밀을 힘으로 변화시킬 여력을 가질 수 있게 되니까.

비밀이 많은 사람일수록 더 강해질 여지가 있다는 뜻이다.

한데 이 장보도는 시작부터 글러 먹었다.

"이걸 처음 발견한 이가 진유청이라 했던가?"

"그렇습니다."

진유청은 근래 무림맹 내에서 가장 많이 회자되는 이름이다.

무림맹 내에서 벌어지는 사건과 사고를 살펴보면, 꼭 그 끝에 자리하고 있는 이름이기도 했고.

가진 것도, 할 줄 아는 것도 없는 놈이 동심회주인 제 아비보다, 철면검객으로 명성을 날리는 대단한 제 형보다 더 주목받고 있다는 게 놀랍지 않은가?

그게 좋은 쪽이든 나쁜 쪽이든 말이다.

"그놈과 엮여서는 제대로 되는 일이 없는 것 같군."

제갈인창이 못마땅한 듯 미간을 찌푸렸다.

어떤 때든 감정적인 잣대로 상황을 재지 않는 제갈인창이 드물게 속내를 드러낸 것이다.

"남궁세가는 물론 다른 문파에서도 원성이 자자하다 합니다."

그럼에도 불구하고 꼭 집어 대놓고 꼬투리를 잡을 만한 일은 저지르지 않으니 더 속이 터질 수밖에.

"민아는 특히나 더하겠군. 그날 그놈이 보고에서 저지른 만행으로 인해 꽤나 고초를 겪었으니 말이야."

제갈인창이 아끼는 손녀인 제갈미미의 남편이라서가 아니라, 동맹을 맺고 있는 남궁세가의 대공자로서도 마음에 드는 남궁민이었기에 그는 감쌀 수 있는 만큼은 팔을 벌렸다.

하나 보고 안에 함께 있던 타 천의 인물들은 남궁민에게 적대적이었기에 어떻게든 그를 궁지로 몰아가려 했고. 남궁민은 더욱 철저히 무시했다.

장보도가 각 문파 주인의 손에 들려 보고 밖으로 나온 이후에 다시 시작된 그들의 다툼은 쉽게 끝나지 않다가 결국 무력을 동반한 싸움으로 변해 버렸다.

만약 제갈세가가 장보도가 진짜인 것 같다는 확인을 해 주지 않았다면 남궁민의 입장은 더욱 곤란해졌을 터였다.

그러니 바꿔 말하자면, 이 장보도를 제대로 해석해 진짜라는 사실을 밝혀내지 못한다면 남궁민은 물론 그를 두둔한 제갈세가도 추궁을 면키 어려우리라.

자존심을 지키느라 옷 한 번 벗지 않은 대가치곤, 되돌아올 반대급부가 너무 컸다.

그럼에도 불구하고 절대 손해 보는 일은 하지 않는 제갈인창이 장보도를 해석하겠다 나서고, 그 김에 남궁민의 손을 들어주기까지 한 것은 이게 너무 큰 기회였기 때문이다.

당양에서 소운찬을 포획하는 일을 실패하고, 화산의 뒤를 캐는 일에선 큰 수확을 보지 못했다.

게다가 네 개로 쪼개진 무림맹의 갈래 중 약세로 평가받고 있는 게 바로 자신들의 이가연합과 이파 일가로 이루어진 인의회다.

대세의 판도를 바꿀 무언가가 제갈인창에겐 절실했고, 마침 하늘에서 뚝 떨어진 것 같은 장보도가 바로 그것이었다.

그리고 제갈인창은 자신과 제갈세가가 할 수 없는 건, 다른 누구도 할 수 없을 거란 자신감이 있었다.

장보도를 해석해 내지 못한다 해도, 남들도 해석하지 못하면 그게 진짜라곤 밝힐 수 없어도 가짜라고 판명할 수도 없는 거 아니겠나.

"그래도 너무 서둘렀단 감이 없지 않아 있군."

타 문파에서 하다하다 안 돼서 부탁을 해왔을 때 못이기는 척 나섰으면 보기도 좋고, 체면도 살았을 텐데.

술렁이는 분위기에 먹히지 않으려 하다가 조금 앞서서 손을 써 버린 듯했다.

"세가의 아이들이 곧 도착할 테지?"

"네. 남궁세가에 있는 미미도 불러들였으니 총명한 아이들과 머릴 맞대고 함께 고민하다 보면 새로운 풀이법이 나올 수 있을 겁니다."

제갈건이 대답했다.

"최대한 빨리, 결과를 내야만 하네."

제갈인창이 주름진 눈가를 파르르 떨며 고집스러운 어조로 중얼거렸다.

"야, 너네 할아버지 아직도 그러고 있냐?"

"그런 거 같아요."

"그런 거 같긴. 너 제갈세가 사람들이 머무는 숙소에 안 가봤냐?"

"내가 거길 왜 가요?"

"……그래. 니가 거길 왜 가겠냐. 부르지도 않았는데,

그치?"

진유청이 어깨를 으쓱거리며 말하자 제갈영이 와락 인상을 썼다.

"불렀는데도 일부러 안 간 거예요! 내가 제일 싫어하는 사람이 온다고 해서!"

아아, 제갈미미.

과거의 제갈영을 성격 파탄으로 만들었던 악녀(惡女).

"으으. 그 여자는 왜 또 여기까지 오는 거지?"

제갈영이 벽에 머리를 쿵쿵 부딪치며 어쩔 줄 몰라 하는 모양새를 보니, 현재 생에서도 그다지 정상적인 성격을 갖진 못한 것 같다.

원인 제공자 제갈미미도 그렇지만, 제갈영 이 녀석도 마찬가지.

그나마 오현이가 계속 붙어 있어 준 덕에 많이 괜찮아진 게 이 정도라니.

"다음에 그 여자가 또 너 괴롭히면, 참다 참다 못해서 확 돌아 버릴 거 같으면 이렇게 말해봐."

뜬금없는 진유청의 말에 제갈영이 벽에 머리박기를 그만두고 고개를 돌려 그를 바라봤다.

잠시 뜸을 들인 진유청이 나직한 어조로 입을 열었다.

"그때 감숙성에서 무슨 일이 있었냐고."

제갈영이 두 눈을 깜빡거린다.

이해가 잘되지 않았기 때문.

"그게……."

무슨 말이냐며 제갈영이 되물으려 할 때 유청이 녀석의 말을 자르고 이어 말했다.

"난주를 기억하냐고 해."

"난주요?"

난주는 감숙성의 성도였다.

"응. 그렇게만 얘기하면 될 거야."

"좀 정확히 얘기해 줘야 알아듣지요. 그러니까 제갈미미가 감숙성의 성도인 난주에서 무슨 일이라도 저질렀던 거예요?"

제갈영 자신이 그녀의 약점을 잡을 수 있는 뭔가가…… 있었다는 뜻?

녀석이 과하게 눈을 빛내며 당장에라도 진유청에게 달려들 기세로 물었다.

하나 잔뜩 흥분한 제갈영에 비해 진유청은 별다른 표정 변화가 없이 덤덤한 목소리로 대답했다.

"모르지, 나야."

"그, 그게 뭐예요!"

잔뜩 기대하고 있던 참이다 보니 실망도 컸다.

제갈영이 콧잔등에 주름을 잡으며 씩씩거렸다.

진유청도 좀 더 제대로 설명해 주고 싶지만, 정말 자신도 그 이상은 아는 게 없는 걸 어쩌겠나.

사실 이 얘기 자체가 제갈영 요 녀석이 저번 생에서 말했던 걸 기억해 내 고스란히 돌려주는 것뿐인 것을.

그렇다 보니 어쩌면 이번 삶에선 제갈미미에게 있어 난 주가 아무런 약점이 되지 않을 수도 있겠지만……

"그냥 말이나 해보는 건데, 뭐. 말하는데 돈 들어? 저가 찔리는 게 있으면 알아서 길 거고 아니면 말겠지. 어차피 그런 거랑 상관없이 제갈미미는 너 괴롭힐 거잖아."

과거엔 좀 더 일찍 그 일에 대해 알았더라면 제갈미미에게 당하고 있지만은 않았을 거라며 한탄했던 제갈영.

이번엔 빨리 알게 됐으니, 어떻게 잘 써먹을 수 있으려나?

아니면 괜히 제갈미미의 심기만 건드린 게 돼서 두 배로 더 괴롭힘을 당하게 될지도.

"우음……."

제갈영이 팔짱을 낀 채 이마를 찡그리고 있다.

"선택할 수 있게 해줬으니, 판단은 네 몫이야."

만약 제갈영이 세가 내에서 조금의 입지라도 있다면 감숙성에서 무슨 일이 벌어졌었는지부터 조사할 테지만. 아직 어린 녀석인데다 세가에서 하도 겉돌아 놔서 그럴 만한 힘이 있을 거 같지가 않다.

진유청이 노파심에 말을 덧붙였다.

"섣불리 건드렸다 배로 돌려받을 거 같으면 그냥 입 다물고 당해줘. 남 협박하는 것도 절대 보통 배짱으로 할 수 있는 거 아니니까."

그냥 언제든 눈알 휙 돌아가면 들이받을 수 있는 건수 하나 마음에 품고 있다 여기고, 그 사실 자체에 위안을 받는 방법도 있으니까.

제 말을 듣는 건지, 안 듣는 건지 뭔가 골똘히 생각에 잠긴 제갈영에게서는 아무런 대답도 돌아오지 않았다.

진유청도 굳이 제 말을 잘 들었는지에 대해 확인하지 않는다.

"하늘 참 푸르네."

고개를 뒤로 젖혀 위를 올려다본 진유청이 나직하게 중얼거렸다.

제갈세가가 장보도에 집착해 두문불출하자 다른 문파들도 제갈세가를 예의 주시하며 침묵했다.

혈사방이 비어 있던 소방주 자리에 전대 혈사방주의 자식을 내세웠다는 이야기가 전해졌지만 무림맹 내에선 크게 관심을 갖는 이가 없었다.

장보도의 풀이에 관심이 쏠려 있기 때문이기도 했지만, 방주에게 모든 권력이 집중 돼 있는 혈사방의 특성상 소방주 자리가 채워졌다고 해서 어떤 변화가 생기지는 않을 거라고 판단했기 때문이었다.

게다가 혈사방주 이두원이 이원형을 후계자로 세움과 동시에 양자로 받은 일로 인해 그가 제 손으로 죽였던 동생에 대한 사죄의 뜻으로 벌인 일이라는 정황이 뒷받침됐다.

혈사방주가 대체 무슨 심경의 변화를 일으킨 걸까 의아해하는 이가 없지는 않았지만 그 또한 사람은 나이를 먹을수록 핏줄이 당긴다는 말도 안 되는 이야기로 대충 마무리가 지어졌고.

하나 아는 이는 안다.

혈사방주 이두원이 어떤 사람인데 핏줄이 당긴다며, 굳이 제 조카를 찾아내 아들로 삼은 뒤 소방주 자리에 앉힌단 말인가.

당장은 그 속내를 알아낼 방법도 없고, 눈앞의 일이 급하니 모르는 척 고개를 돌리고 외면하고 있을 뿐이었다.

그렇지만…… 모두가 그런 건 아니다.

현실을 똑바로 직시하며, 남들보다 많은 걸 알고 있는 사람도 분명 있었다.

"이원형?"

"네. 예전에 북경 이가장에서 말씀드린 적 있잖아요. 연이 상단주의 손을 잡고 황궁에 입궁하는 모습을 본 적이 있다고요."

"그래. 그건 기억이 난다. 그때 유청이 네가 연이 상단주와 이원형에 대해 파보면 뭔가가 나올 거라고 했었지."

진호철의 말에 진유청이 고개를 끄덕였다.

"그 뭔가가 지금 눈앞에 튀어나와 있네요."

"이름만 같은 다른 사람이 아니라, 정말 동일 인물이라는 게냐?"

진호철이 심각한 얼굴로 다시 한 번 확인했다.

그도 그럴 수밖에 없는 것이 연이 상단주와 함께 있었다는 아이는 서경왕 주익 전하의 양아들이었지 않은가.

피를 이어받지는 않았지만 황가에 몸을 담고 있던 귀한 신분의 아이가 어찌 혈사방 소방주 자리에 앉아 있을 수 있단 말인가?

"확실해요."

진유청은 더없이 진지한 어조로 대답했다.

동심회 수뇌부가 모여 있던 상방 오호에 정적이 감돌았다.

잠시 후, 낯빛이 어두워진 청기자가 입을 연다.

"그럼 연이 상단이 무램맹 사 천 중 하나인 인의회만이 아니라, 혈사방과도 줄을 대고 있다는 건가?"

"유청이의 얘기대로라면, 그렇다고 볼 수 있겠지요."

진호철의 목소리도 좋지 못했다.

연이어 사건이 퍽퍽 터져 나오니 마음이 편치 못한 까닭이다.

"인의회에서도 자기들이 손잡고 있는 연이 상단이 혈사방과 연관이 있다는 사실을 알고 있을까요?"

진이현의 지적에 청기자가 고개를 저었다.

"모르고 한 일이라면 모를까, 알고 하지는 않았을 게다. 아무리 인의회가 제 잇속 차리기에 바빠 정도를 잃었다 해도 거기까지 갈 리는 없지 않느냐."

혈사방은 무림맹 최대의 적이자, 무림맹이 무림맹으로 있을 수 있게 해주는 존재 이유다.

만약 인의회가 연이 상단이 혈사방과 손잡고 있는 걸 암묵적으로 덮어 주고 있는 거라면 그건 혈사방과 내통하고 있는 거나 다름없다고 볼 수 있었다.

정파가 정파로 있을 수 없게 되면, 문파는 명분을 잃고 제자들은 자긍심을 뺏긴다.

한 문파를 이끄는 수장들이 그런 위험을 감수하면서까지 눈앞의 셈을 쫓아 움직일 만큼 바보일 리는 없지 않은가.

"어째 참으로 많은 일들이 무림 문파도 아닌, 연이 상단과 이어져 있구려."

목인의 말에 많은 이들이 수긍했다.

자기들이 생각해도 정말 그랬으니까.

특히나 남보다 아는 게 좀 더 많은 진유청은 연이 상단주의 정체에 대해 의심을 하고 있었다.

황궁에는 귀신이 살고 있다고 했던가?

여섯 번째 손가락은 거짓의 증거라고 했던, 그 귀신.

연이 상단주는 황제 폐하께서 황궁에 따로 처소를 내어줄 만큼 아끼는 의제이고, 무림 전체의 일에 크게 관여하고 있다.

그리고 그 귀신이 사람들 입에 회자됐던 이유는 바로……

반역!

진유청이 주먹을 불끈 말아 쥔다.

이청강과 이경찬이 좋지 않은 일에 휘말릴까 저어하여 알려주었던 얘기가 이제 와 새삼 진유청의 머릿속을 긁어내렸다.

그 귀신 놈의 이름, 그게 여전히 기억이 나질 않는군.

아니, 그게 확실히 이름이긴 했던가?

혹시 다른 무엇…… 은 아니었던가?

직위, 라든지. 아니면, 신분이라든지.

진유청이 입술을 짓씹자 진이현이 녀석의 어깨 위에 손을 올렸다.

크고 다정한 손이 어깨를 감싸자 진유청이 번뜩 정신을 차렸다.

"아……."

"무얼 그리 골똘히 생각하느냐?"

"무림맹이 지금 장보도에 미쳐서 허우적거릴 때가 아닌

거 같은데, 한동안은 그걸로 인해 정신을 못 차릴 거 같으
니 걱정이 돼서요."

쉽게 포기가 안 됐으니 해석도 못하면서 그리 오래 붙잡
고 있었던 거겠지.

만약 이번에도 제갈세가와 다른 문파 인사들이 그때만큼
이나 시간을 들여 장보도를 품어 안고 가려 든다면 어쩌나
싶다.

그렇게 하기엔 작금에 닥쳐 있는 상황이 과거와는 비교
할 수도 없을 만큼 좋지 않은 데도 불구하고 말이다.

그 꼴 보기 싫다고 해서 불귀곡이 어디 있는지 확 불어
버릴 수도 없고.

"그들이 장보도를 쉽게 포기할 거란 기대는 하지 않는
게 좋을 듯싶구나."

진이현도 같은 생각을 하는 모양.

"무림맹은 조각조각 나뉜 채 한 권의 책에 홀려 제 욕심
차리기에 급급하고, 혈사방은 기지개를 펴고 있으며, 연이
상단은 반역을 꾀하는 것 같으니. 참 난감하죠?"

진유청이 상황을 너무 간단하고 깔끔하게 정리해 주니
이해하긴 쉬워졌지만 현실감이 느껴지질 않았다.

특히나 마지막에 덧붙여져 있는 반역이란 말의 무게가
가슴을 덜컥 내려앉게 하지 않는가?

게다가 황궁이라 하면 가장 먼저 동심회 식솔들의 눈앞

에 그려지는 이가 있지 않은가.

"정말 연이 상단의 목적이 그것이라면, 북경 이가장이 걱정이군."

진호철이 이청강을 떠올리곤 한숨을 내쉬었다.

"황태자 전하께서 워낙 경찬이와 채환이를 마음에 들어 하시니 그늘이 돼주실 겁니다."

유청이 아버지의 근심을 덜어주기 위해 애썼다.

하나 황태자의 그늘이 황제가 가장 아끼는 의제란 이름을 밀어낼 수 있을지에 대해서는 솔직히 자신이 없었다.

황제가 연이 상단주에게 베푸는 것들은 진유청이 생각해도 상식에서 벗어나도 한참 벗어났을 만큼 너무 과한 부분이 많았기 때문에.

녀석들, 잘 있어야 할 텐데.

분명, 잘 있겠지?

니들이 어떤 놈들인데.

진유청이 오랫동안 보지 못한 친구들에게 마음속으로나마 인사를 건넸다.

"흠……."

나채환이 나직하게 신음을 흘리더니 어딘가 먼 곳을 향해 시선을 줬다.

"왜 그러십니까?"

손정우가 나채환에게 물었다.

"그냥. 갑자기 누가 나를 부른 것 같아서."

"별진무도 보기완 다르게 꽤나 실없는 분 같으십니다."

"그런가."

나채환은 별다른 반박 없이 손정우의 말을 받아들였다.

"네. 그러니까 이제 그만 저 좀 구해주시는 게 어떻습니까?"

채앵!

손정우가 제 목을 가르기 위해 짓쳐드는 검을 쳐낸 뒤 나채환을 재촉했다.

"빨리 안 도와주시면 그냥 콱 죽어 버릴지도 모릅니다!"

"가고 있다."

타악!

지면을 박차고 뛰어오른 나채환이 검을 비스듬히 세웠다 사선으로 내리그었다.

슈아악!

검에서 피어오른 기운이 손정우를 압박하던 복면인들을 향해 쏘아져 나간다.

"크헉!"

비명 소리와 함께 쩍 벌어진 상처에서 뿜어져 나온 핏물이 발치를 적시고 땅으로 스며들었다.

"저기다! 저기서 소리가 들렸다!"

타다다닥!

요란한 발자국 소리와 함께 낯선 기척이 나채환 일행이 있는 곳으로 이어진다. 흙바닥을 짓이기며 달려드는 두들김이 점점 더 거세졌다.

쉬익!

검을 든 손을 바깥쪽으로 튕겨 검날에 묻은 피를 바닥에 흩뿌린 나채환이 일행을 돌아봤다.

황태자 주태민이 나채환에게 붙여준 이들이다.

처음엔 혼자 가는 게 편하다고 우겼지만, 황태자의 반대로 어쩔 수 없이 달고 온 혹들.

지금은 이들이 함께 와줘서 고맙다고 생각하고 있다.

"한 판 더, 괜찮나?"

"싫다면 별진무께서 다 막아 주실 겁니까?"

스스럼없이 말대꾸를 하는 이는 손정우로, 정삼품 지휘사(指揮使)를 아비로 둔 제법 잘 나가는 가문 출신의 금의위사로 얼마 전에 황태자 전하께 충성을 맹세한 인물이었다.

"전 상관없습니다."

나채환 못지않게 무표정한 얼굴에 싸늘한 기운을 품고 있는 이는 윤수일로 제 본신 능력 하나로 젊은 나이에 종삼품 부천호(富千戶)의 자리에 오른 이다.

그런 일이 자주 있는 건 아니었기에 윤수일에 대한 이야기가 여러 곳에서 들려오다 황태자의 귀에 들어가게 되고, 재능 있는 이를 좋아하는 주태민이 그를 거뒀다.

이 두 사람 외에 함께하고 있는 다른 이들도 대부분 비슷한 경로로 황태자 직속 호위대이자 친목 모임이 되어 버린 '초린대(草鱗隊)' 소속 인물들이었다.

그리고 나채환은 바로 그 초린대의 대장 자리를 맡고 있었다.

물론 나채환 스스로가 원했다기 보다는 황태자 주태민의 강권으로 인해 어쩔 수 없이 앉은 자리.

나채환이 상체를 조금 숙인 뒤 수하들을 돌아보며 신호를 보냈다.

"준비해라."

"네!"

나채환보다 나이가 많은 이도 있고 직위가 높은 이도 있었지만, 초린대가 맡은 임무에선 그가 대장이다.

모두가 나채환의 지시를 따랐다.

"절대 놓쳐서는 안 된다! 죽여라!"

적의 우두머리로 보이는 자가 버럭 소리치며 나채환 일행을 향해 쇄도했다.

"너나 죽어."

나채환이 싸늘하게 대꾸하며 가장 먼저 앞으로 튀어 나가서 놈을 맞이했다.

카앙!

나채환의 검이 적의 검을 거칠게 튕겨내자 힘이 달렸던 놈의 팔이 바깥쪽으로 젖혀지며 가슴팍이 환히 열렸다.

퍼억!

한 발을 높이 들어 올린 나채환이 놈의 가슴팍을 걷어찼다.

"이, 이……!"

거품을 문 채 뒤로 나자빠지면서도 검지로 나채환을 가리키며 눈을 부릅뜨는 놈.

"뭐?"

나채환이 반문했다.

이, 뭐라는 건데?

하나 놈은 대답하지 못했다. 그대로 뒤로 넘어가 땅에 처박힌 후 기절해 버렸기 때문이다.

어쩌면 죽었을 수도 있고.

"별진무 저럴 때 보면 좀 무섭지 않습니까?"

손정우가 그런 나채환을 힐끔거린 뒤 나이대가 비슷한 윤수일에게 말을 붙였다.

"검 날아옵니다."

채앵!

윤수일이 고저 없는 목소리로 얘기하며 손정우의 등 뒤를 찌르는 검을 대신 쳐내줬다.

"고맙습니다."

손정우가 인사를 하지만 윤수일은 흐릿하게 인상을 구길 뿐.

"전쟁에서 가장 먼저 죽는 사람은 손보다 입을 먼저 여는 사람입니다. 아십니까?"

"그렇습니까?"

몰랐나 보다.

손정우가 초린대에 들어온 지가 얼마 안 되는지라 아직 그에게 익숙해질 기회가 없었던 윤수일로선 그의 이런 행동들이 상당히 불편했다.

윤수일은 쉬지 않고 검을 놀리며 조금씩 손정우에게서 멀어졌다.

"내가 별론가?"

누구와도 잘 지내는 자신이 왜? 어째서?

손정우는 이해가 되지 않는다는 듯이 고개를 갸웃거리다 또 한 번 검에 베일 뻔했다.

차앙!

"조심해야지."

새로 닥쳤던 위기에서도 다른 동료가 도움을 줬다.

역시 자신은 인덕이 많은 모양.

그래도 밥값을 제대로 하지 않으면 저 성질 더러운 별진무가 가만있지 않을 게 분명했고, 돌아가서 태자 전하 앞에서도 면이 서지 않을 테니……

손정우가 검을 쥔 손에 힘을 주고 주변을 살피다가 적의 빈틈 사이로 쏘아져 나갔다.

채앵, 챙!

병장기 부딪치는 소리가 그 후로도 한참이나 이어졌다.

"우릴 쫓는 이들이 정말 연이 상단 소속 무인들일까요?"

여기저기 널브러진 시체들을 내려다보고 있던 손정우가 나채환에게 물었다.

"아마도."

나채환이 간결하게 대답했다.

"그분께서 정말 뭔 일을 저지르시긴 한 모양입니다. 이렇게 필사적으로 우릴 막아서는 걸 보니."

아니, 그보다 한낱 상단에 이 정도 무공을 지닌 무인들이 상당수 소속돼 있다는 게 더 놀랍다고 해야 하려나?

"아마도."

좀 전과 같은 나채환의 대답에 손정우가 미간에 주름을 잡는다.

"그럼 가는 동안 계속 이렇게 우릴 추격하는 놈들과 싸우게 될까요?"

"아마……."

대답을 하던 나채환이 무심한 눈으로 손정우를 돌아봤다.

손정우가 장난을 치고 있음을 깨달은 거다.

"그러니까 그 아마도는, 제발 그만하십시오. 말 좀 길게 하시면 어디 덧납니까?"

손정우가 투덜댔다.

"그만 가지."

나채환은 손정우의 말에 더 이상 대꾸해 줄 필요성을 느끼지 못했기에 일행을 이끌고 격전의 현장에서 빠져나간다.

그는 꼭 필요한 말이 아니면 이야기를 길게 끄는 편이 아니었기 때문이다.

그에게 있어 예외가 있다면, 황태자 주태민이 아닌 이가장의 두 부자뿐이었다.

받아 주는 이가 없음에도 손정우는 지치지 않고 입을 놀렸다.

"무림맹에 도착하면, 태자 전하께 힘이 되어줄 이들이 분명 있는 거겠지요?"

그러나 손정우가 하는 말 하나 하나엔 황태자 주태민에 대한 깊은 충성심이 담겨 있었고, 거듭된 습격 속에 자칫 일행의 분위기가 너무 무겁게 흘러가 고된 일정을 더욱 지치게 할까 하는 우려가 엿보였다.

"친구가…… 거기 있다."

"친구요? 대장님 친구 말입니까?"

오오. 신기한 걸 들었다!

손정우가 잔뜩 관심을 갖고 나채환에게 치대기 시작했다.

사실 나채환이 딱히 친해지고 싶거나, 친해지기 쉬운 사람은 아니었건만 손정우에겐 그런 경계가 없는 듯 보였다.

"어떻게 친해지신 겁니까? 저는 대장님께서 풍류공자 말고도 다른 친구가 있을 거라곤 생각도 못했습니다!"

손정우가 쉴 새 없이 퍼붓는 질문에 다른 일행들도 귀를 쫑긋거렸다.

사람을 크게 가리고, 저를 마음에 들어 해 다가오는 이조차 탐탁지 않아 하는 나채환이 이경찬 외에도 친구로 여기는 이가 있다는 게 놀라운 건 모두 마찬가지였으니까.

"말씀 좀 해보십시오!"

어제까지였으면 나채환은 이 질문을 무시하고 그냥 앞서 걸어갔을 것이다.

하나 오늘은 대답했다.

"어렸을 적에 경찬이보다 먼저 만난 친구다. 진유청이라고, 아주 특이한 녀석이었지."

손정우가 쉴 새 없이 입을 놀리는 까닭을 알고 있고, 그렇기 때문에 나채환은 물론 다른 이들도 점점 그의 질문에 대답하는 횟수와 시간이 늘어난 까닭도 있지만.

어제보다 오늘의 적이 조금 더 강했으니까.

일행이 잠시나마 힘든 걸 잊고 다른 데 신경을 쓸 수 있도록 해주고 싶은 마음이 들었다.

그리고 그런 때에 유청이의 얘기라면 누구나 즐거워하며 들을 수 있을 만하다고 여겼고.

스스로도 오랫동안 보지 못한 그리운 친구에 대한 이야 길 되새기고 싶은 마음도 아예 없진 않았다.

그렇게 이야기가 이어진다.

"……그럼 그날 밤 오현이란 친구분께서 정말 그, 그……."

손정우의 눈꼬리가 펄떡펄떡 뛴다.

다른 이들도 참으로 기이한 표정을 한 채 채환을 바라보 는데.

나채환은 아무렇지도 않은 얼굴로 고개를 끄덕거렸다.

"크헉!"

손정우가 두 손으로 머릴 쥐어 싸맨 채 웃는지 우는지 모 를 표정을 짓는다.

"용감하군요."

윤수일처럼 권오현에 대한 설명과 곁들어진 이야기에 진 심으로 감동한 이도 있었다.

윤수일은 권오현이 저가 할 수 있는 한도 내에서 최대한 의 용기를 발휘했다는 사실에 공감한 것이다.

"그 친구분도 무림맹에 가면 만날 수 있습니까?"

정신을 수습한 손정우가 묻자 나채환이 멈칫했다.

그리고 보니 오현이도 있겠군.

한수는 유청이와 함께 무림맹에 있다는 걸 알고 있었지만 어찌 오현이에 대한 생각을 잊었을까.

나채환이 걸음을 뚝 멈추더니 일행을 둘러보며 입을 열었다.

"절대 비밀이다."

그는 그 말만 남긴 뒤 처음과 같은 표정 그대로 아무렇지도 않게 다시 걸음을 내딛었다.

"그 친구한테 대장님이 그 얘기했다는 거 말하지 말라는 뜻이지요, 저거?"

"그런가 봅니다."

손정우의 말에 윤수일이 동의했다.

여기저기서 피식거리며 웃는 소리가 들려온다.

나채환의 전혀 의외의 모습이 일행의 긴장을 녹여 준 덕분이다.

저 사람에게 저런 표정으로 저런 말을 하게 하는 이들이라니. 그런 친구라니.

"어떤 분들인지 정말 궁금합니다."

윤수일이 드물게도 손정우에게 먼저 말을 건넸다.

"살아서 무림맹에 도착하기만 하면 궁금증이야 얼마든지 풀 수 있지 않겠습니까?"

손정우가 그의 말을 받으며 기지개를 쭉 펴다 움찔거린다.

불길함을 느낀 그가 정면으로 시선을 주니 앞서가던 나채환은 이미 검을 뽑아 들고 있는 게 아닌가.

그리고.

"쉿!"

나채환이 동작을 멈추고, 세로로 세운 검지를 입에 붙이며 일행을 돌아봤다.

또다시 시작됐다.

일행이 마른침을 삼킨 뒤, 적의 공격을 대비하며 호흡을 골랐다.

"또 빠져나갔단 말이냐."

"죄송합니다, 단주님."

막수곤이 차마 고개를 들지 못한 채 대답했다.

"화산에 점창에 모용세가의 무공에 더해 혈사방까지 합류했는데도 불구하고 황태자의 꼭두각시들 몇을 처리 못해 이 사달을 일으키다니."

저도 모르게 언성이 높아지며, 스스로의 자제심이 흔들리고 있음을 느낀 환성이 지그시 눈을 감았다.

사실 나채환을 죽이는 건, 환성으로서도 무리수를 두는 거나 다름없었다.

황태자가 직접 황제 폐하께 고했고 그분께서 윤허하신 일이 아닌가.

아무리 환성 자신이라도 중간에 끼어들어 끈을 잘라내는 건 위험했다.

자칫 잘못했다간 황제의 명에 불복한 걸로 비출 수도 있고, 황제가 조용히 넘어가 준다 해도 연이 상단에 구린 구석이 있다는 걸 스스로 인정한 꼴이 될 테니까.

그럼에도 환성은, 이 일로 인해 일어날 결과에 대해 모두 알면서도 나서지 않을 수 없었다.

왜냐하면 자신은 진짜로 황제의 뜻을 거역하는 일을 벌이고 있었고, 황제는 의혹만으론 절대 자신을 내치지 않을 테니까.

연이 상단은 이제 무림의 이권에 깊숙이 개입돼 있고, 누구도 쉽게 건드릴 수 없는 큰 힘을 갖게 됐다.

하나 그렇게 될 수 있게 만드는 동안 환성은 수많은 무리를 해야만 했다.

왜냐하면 그의 예상과는 다르게, 황태자는 좋은 친구를 사귀어 독선과 아집에서 벗어나 황궁에서의 제 입지를 다졌고. 혈사방에 심어 두려던 독은 오히려 환성 자신을 향해 뿜어졌다.

안정적인 일 처리는 갈수록 어려워지고, 그럴수록 연이 상단의 행사는 점점 수면 위로 떠오르게 된 것이다.

나채환이 무림맹에 도착해서 동심회와 만나 연이 상단의 일을 논의한다면…… 사실을 밝혀내는 데 그리 오랜 시간이 걸리지 않을지도 몰랐다.

만약 자신이 한 일을 뒷받침할 확실한 증거라도 하나 뛰어나오는 날에는!

"아직은 안 돼."

그래, 아직은 안 됐다.

자신은 아직 아무것도 해낸 것이 없다!

그그극!

환성이 손톱 끝으로 탁자 위를 긁어내린다.

어찌나 힘을 주었는지 그의 손끝이 갈라지며 피가 배어나왔다.

"상단주님!"

막수곤이 놀란 나머지 제 옷소매를 찢어 환성의 손끝을 동여맸다.

환성은 그를 내치지 않고 묵묵히 치료를 받았다.

"미안하네. 좋지 않은 모습을 보였군."

"아닙니다. 이 모두가 지시하신 사항 하나 제대로 처리하지 못하는 제 탓입니다."

막수곤은 이런 상황에서도 자신에게 사과부터 하는 상단주로 인해 더욱 몸 둘 바를 몰랐다.

치료가 끝나자 막수곤이 조용히 뒤로 물러나 다음 지시를 기다린다.

"이제 그 수를 쓰는 수밖에 없겠군. 준비했던 대로 일을 처리하게나."

환성의 말에 막수곤이 허리를 깊숙이 숙여 보였다.

그가 나가고 홀로 남은 환성이 탁자 위에 손을 내려놓았다. 갈라진 손톱으로 인해 손을 움직일 때마다 찌릿한 통증이 느껴졌다.

"쯧."

작게 혀를 찬 환성이 탁자 위에 놓인 종이 뭉치를 집으려다가 자꾸 거추장스럽게 손의 움직임을 방해하는 천 조각에 움직임을 멈췄다.

환성이 손을 들어 올려 천 조각을 풀어내려다가 그냥 둔다.

서툴게 매어진 투박한 매듭이었지만 보기에 그리 나쁘지 않았다.

"천천히 하면 되겠지. 어차피 급할 것도 없으니까."

그가 의자 등받이에 몸을 깊숙이 묻었다.

第五章

보고 싶다, 친구야!

"제갈가주는 아직도 장보도를 붙잡고 골머리를 썩고 있나?"

"그렇다고 합니다."

장문인의 물음에 가경학이 공손히 대답했다.

어딘지 모르게 조소가 스며 있는 가경학의 목소리에 최석 또한 입가를 말아 올린다.

"자네나 나나 제갈세가에 크게 마음 상한 일이 있는 게 분명하군."

화산 장문인 소운찬의 일에서부터 시작돼 동심회가 출현한 그날까지 눈엣가시처럼 박혀 있던 제갈세가가 아닌가.

당연히 좋은 감정이 있을 리가 없었다.

소운찬을 쫓다가 직접적으로 그들과 부딪치기까지 했던 가경학이야 더 말할 것도 없었고.

"그런 귀물을 덥석 쥐다니. 그 노회한 여우와 같은 자가 웬일로 그런 실수를 하였는지 모르겠습니다."

"그만큼 궁지에 몰려 있다는 뜻 아니겠나."

저가 속해 있는 인의회도 이가연합만큼이나 불안정했기에 최석은 제갈인창의 선택을 한편으론 이해할 수 있었다.

누가 그러라고 등을 떠민 것도 아닌데, 동심회의 출현 이후 자연스레 네 개로 패를 가르고 뿔뿔이 흩어진 이들은 모두 이전과는 다른 불안함을 가슴 한편에 가지고 있었다.

무림맹이란 이름 아래 하나로 이어졌던 울타리가 사분오열돼 다시는 이어지지 않을 것처럼 너덜거리고, 저가 속한 연합의 세가 약한 듯 느껴질 때마다 가슴은 점점 더 무거워진다.

"그래도 성공만 하면 모든 열세를 만회할 수 있게 되니, 딱히 실수라고 하기도 애매한 것 같습니다."

가경학의 말이 옳다.

만약 최석 자신도 제갈인창과 같은 상황에 처하게 된다면, 주저 없이 그처럼 선택했을 거란 생각이 들었다.

하나 다행히 자신은 제갈세가의 가주가 아니고, 머리보단 몸을 더 잘 쓰는 점창의 장문인 아닌가.

그러니 이번 덤터기는 온전히 제갈인창을 위해 준비된

똥통이라 할 수 있었다.

"장문인, 서신이 하나 도착했습니다."

문밖에서 사도진의 목소리가 들려왔다.

"서신? 누구에게 온 것이더냐."

"다른 건 없고, 연(蓮) 자 한 자만 쓰여 있습니다."

"뭐라?"

최석이 벌떡 일어나 방문을 열었다.

문밖에선 사도진이 두 손으로 서신을 받쳐 든 채 서 있었다.

최석은 주저하지 않고 서신을 집어든 후 봉투를 개봉하고 안의 내용을 읽어 내려갔다.

"이것들이……!"

최석의 표정이 심상치 않자 가경학은 물론 사도진도 조심스레 그의 눈치를 살폈다.

이윽고 마지막 문장까지 단숨에 읽어 내려간 최석이 손에 들고 있던 서신을 가경학에게 건네준다.

읽을 만하니 읽으라 하는 거겠지 싶어 반문하지 않고 받아 든 가경학이 재빠르게 눈으로 편지를 훑어 내려갔다.

곧 그의 표정 또한 최석과 다르지 않게 변했다.

"다른 분들을 모셔 와야겠지요?"

"최대한, 빨리!"

최석이 침중한 목소리로 대답했다.

이파 일가의 연합인 인의회의 주인들이 한자리에 모였다.

그들의 중앙에 놓인 탁자 위엔 한 장의 서신이 펼쳐져 있었는데.

"연이 상단주가 드디어 미친 게로군요."

화산의 대장로 악기태가 어이가 없다는 듯이 중얼거렸다.

"하지만 틀린 말도 아니지 않소이까. 황태자가 연이 상단의 일을 파헤치기 시작하면, 우리의 이름도 언급되지 않을 리가 없을 테니."

게다가 가장 큰 문제는 연이 상단주가 빙 돌려 써 놓았기에 확신할 순 없지만 그가 분명 의혹을 살 만한 행동을 하기는 했다는 거 아니겠나!

그러니 저가 막다 되지 않으니, 자신들에게까지 황태자의 직속이라는 초린대를 막아 달라 청해온 거겠지.

"한 번은 막는다 치고, 그럼 그 다음은 어쩔 요량인지. 오는 이들을 족족 죽여 놓을 수는 없지 않습니까."

그러다간 연이 상단보다 자신들이 먼저 반역죄에 휘말릴지도 몰랐다.

무림문파로서 관을 두려워하는 건 아니지만, 반역과 관련해선 이 땅에 살아가는 모든 이들이 황제 앞에서 자유롭기 어려운 것이다.

"일단 이 한 번만 막아 주면 그 뒤는 알아서 처리하겠다고 하지 않소이까."

최석이 악기태의 흥분을 가라앉히기 위해 좀 더 침착한 어조로 대답했다.

"모용 공자는 어찌 생각하시오?"

"저, 저는……."

긴장으로 인해 볼 근육을 푸들푸들 떨고 있던 모용기가 화들짝 놀라 입을 연다.

하지만 그는 그 이상 이어 나갈 말이 없었다.

꿔다 놓은 보릿자루마냥 앉아 있는 게 그가 할 수 있는 전부.

"모용가주께선 어찌 자네만 보내 놓고 이곳에서의 일은 나 몰라라 하시는 건지 모르겠군."

악기태는 모용세가의 행사에 불만이 많았다.

화산과 점창만 인의회의 이름을 지탱하려 아등바등하는 것 같았던 탓이다.

"죄송합니다."

모용기가 감히 두 사람의 시선을 받아내지 못하고 눈을 돌려 외면했다.

악기태와 최석은 모용기에게 완전히 관심을 끊고, 다시 대화에 열중했다.

"그런데 여기 이거 말입니다. 초린대 대장이라는 녀석과 진가장의 둘째에 관한 내용. 일부러 따로 짚어 놓은 것이 아무래도……."

"대장로가 보기에도 그렇소이까? 나도 같은 생각을 했소이다."

최석이 피식 웃는다.

"진유청이 뭔가 대단한 놈이긴 한가 봅니다. 무림맹을 들썩이며 사고를 치는 걸로도 모자라 언제 황궁까지 손을 뻗었는지."

이젠 어이가 없다 못해 기가 막히는 수준도 지나쳤다.

허망한 감탄이 잇새로 쉴 새 없이 쏟아져 나올 정도였으니까.

"생각해 보면, 이것도 나쁘진 않은 일인 것 같소이다. 제갈가주가 장보도를 덥석 맡은 일로 인해 이가연합이 흔들리고 있으니, 이때에 남궁세가에서 발맞추어 큰 사고 하나 쳐 주면 더 없이 좋은 일 아니겠소이까?"

가뜩이나 남궁세가를 향한 주위의 시선이 곱지 못한 상태이고, 동심회의 식솔들은 회주의 둘째 아들이라면 껌뻑 죽어 살살 녹아난다고들 했다.

굳이 그게 아니더라도 제 형인 진이현이 동생을 얼마나 아끼는지야 이제 하남이 아니라 전 무림에서도 모르는 이가 없지 않은가.

"하나로 엮어서 내보내시려는 겁니까?"

"내가 억지로 엮을 수는 없는 노릇이고. 남궁세가에서

원해야만 가능한 일이 아니겠소."

"아무나 하나 붙여만 주면, 그들이 하지 않았어도 그들이 한 것처럼 알도록 꾸밀 수 있으니…… 나쁘지 않아 보입니다. 남궁세가는 물론이고 진가장까지 함께 무너트릴 수 있는 방법이지 않습니까. 화산에서는 진가장이라면 이를 가는 이들이 한둘이 아니니……."

최악의 상황에서도 자신들보다 다른 이가 더 끔찍한 일에 처하도록 만들려 애쓰는 그들의 능력이 놀라웠다.

"무림맹 대회의를 소집하는 게 좋겠소이다."

최석의 말에 악기태가 동의했다.

"갑자기 무슨 회의 소집이야?"

난 안 갈래.

가서 할 것도 없고, 재미도 없고.

진유청이 귀찮다는 듯이 손을 내저었지만, 결국은 쫄래쫄래 형과 아버지의 뒤를 쫓아간다.

진가장 삼부자는 역시 같이 다녀야 제 맛 아니겠나?

보기에도 늠름하고, 여기저기서 감탄도 새어 나오고.

휘익!

"그날 멋지셨습니다!"

"둘째 공자님도 금방 자라실 테니까 너무 실망하지 마십시오!"

뭐, 뭐가?

커다란 휘파람 소리에 뒤이어진 칭찬과 격려에 진유청이 기겁을 했다.

"흠, 흠. 저도 금방 형님만큼 키가 클 거라고들 하네요."

묻지도 않은 말을 혼자 하고 있다.

"저거…… 키 얘기였냐?"

진호철이 능글맞은 얼굴로 고개를 돌려 아들을 내려다봤다.

"아니면, 키 얘기 아니면 뭔데요!"

진유청이 이글이글 타오르는 눈빛으로 아버지를 쏘아봤다.

아무리 아버지라고 해도 이런 모욕은 그냥 넘어갈 수 없다!

"그럼 키 얘기인가 보지."

그에 비해 아버지는 별것도 아니라는 듯이 양 어깨를 으쓱거리며 녀석을 깔아 본다.

약이 잔뜩 오른 진유청이 씩씩거리며 거친 숨을 뱉어내자 진이현이 입을 열었다.

"괜찮다. 어릴 땐 다 그런 거다."

그러니까 뭐가요!

어떻게 이현 형님까지 가세해서 자신을 서럽게 만들 수가 있는지!

진유청이 찔끔 눈물이 나왔다는 듯이 손등으로 눈가를 닦아냈다.

"우리 소신선이 옷 한 번 잘못 벗었다가 단단히 당하는군."

상개가 껄껄 웃으며 진유청을 놀려 먹자, 홍개가 이 기회를 놓칠 새라 바로 달라붙어 말을 보탠다.

"그러게 왜 그랬냐. 그리고 벗으려면 저나 벗지, 순진한 우리 진호는 왜 홀딱 벗겨서 데리고 나와 갖고는. 그 녀석이 창피하다고 아직도 방에 처박혀서 나올 생각을 안 해서 아주 미치겠다니까."

"으으. 저야말로 그냥 잠이나 더 잘걸, 왜 여기까지 제 발로 따라와서는 이런 꼴을 당하고 있는 걸까요?"

진유청이 괜히 왔다는 듯이 투덜댔다.

그렇게 조금 더 이야기를 나누다 보니 어느새 대회의장 앞에 도착해 있었다.

"저기 다른 분들도 와 계시군요."

이현이 가리킨 곳엔 사 천 중 가장 세가 큰 중도파에 속한 문파가 서 있었는데 무림맹에 온 지도 제법 됐는지 여기저기 지나가다 마주쳤던 익숙한 얼굴이 여럿 보였다.

"이번 회의는 누가 제안한 거래요?"

유청의 물음에 홍개가 볼을 긁적거린다.

"점창파였던가…… 화산파였던가? 하여튼 인의회 쪽에

서 시작했다고 하던데 확실한 건 들어가 봐야 알겠지."

동심회 식솔들이 우르르 대회의장 안으로 쏟아져 들어가 자리를 잡고 앉았다.

잠시 후 서서히 사람들이 들어오더니 이내 널따란 대회 의장이 꽉 찼다.

처음에 진유청은 회의엔 별 관심이 없었다.

군사 역할을 맡던 제갈건이 아닌 점창의 장문인 최석이 회의를 진행하는 게 의아하긴 했지만 금세 관심이 사라졌 다.

점창과 화산에서 안건을 냈으니, 저들이 진행하는가 보 다 싶었던 거다.

유청은 회의가 끝나면 장문인들을 꼬드겨서 강 교두님네 놀러가야겠단 계획에 집중하기로 했다.

사모님이 만든 과자는 정말 입에 짝짝 붙을 정도로 맛있 었으니까.

한데 그런 진유청의 귀에 자꾸만 거슬리는 이야기가 들 려왔다.

"정체불명의 무리들이 무림맹 영역 인근에서 사람들을 공격하고 있다고 하오."

정체불명의 무리라고?

그놈의 정체불명의 무리들은 무슨 때 되면 나타났다 사

라지는 철새도 아니고, 해마다 가을 되면 뽑아 먹는 배추도 아니고.

어째 잊을 만하면 한 번씩 등장해서 얼굴 내보인 다음 다시 종적을 감추는 건데?

이번엔 또 어느 문파에서 얼굴에 보자기 씌운 다음 모르는 척 내보낼 거려나.

눈 가리고 아옹 하는 것도 정도가 있지.

이젠 우습지도 않다 생각하며 진유청이 콧방귀를 뀌었다.

하지만…… 다음에 이어지는 말에는 놀라지 않을 수 없었다.

"정체불명의 무리들이 일반 양민들만 건드린 게 아니라, 황궁과 연관이 있는 이들까지 손을 댔다고 하니…… 빨리 방법을 찾지 않으면 안 될 것 같소이다."

황궁?

진유청이 마른침을 꿀꺽 삼키더니 재빨리 물었다.

"황궁과 연관된 이들이 왜 무림맹 인근에 와 있습니까? 황족들 중 누군가가 유람이라도 나선 참이랍니까?"

최석이 기다렸다는 듯이 유청의 질문에 답해줬다.

"그건 아닌 것 같고…… 황태자 전하의 심복 중 한 명이 무림학관을 향해 오고 있다는 것 같다네."

"혹시 그게 누군지 알 수 있을까요?"

설마 그 녀석은 아니겠지?

"이름이…… 종오품 별진무(別鎭撫) 나채환이라고 하는 군."

맞았다, 그 녀석.

진유청은 물론이고 제 사부를 따라온 정한수도 깜짝 놀라 눈을 휘둥그레 떴다.

"채환이가 왜?"

나야 모르지.

진유청이 고갤 저어 보인다.

그리고 진유청이 정말 궁금한 건 채환이가 왜 무림맹을 향해 오고 있느냐 하는 것보다, 저들이 어떻게 친구인 자신도 모르는 채환이의 직급까지 알고 있냐는 거였다.

웅이 형이나 자경이 형처럼 싸우면서 자기 별호를 자기가 외치는 취미가 있는 거라면 모를까.

그게 아니면 이리 오던 중, 우연히 만난 이와 통성명을 할 때 채환이 녀석이 제 입으로 자긴 황궁에서 태자 전하의 사랑을 받으며 좀 잘나가는 괜찮은 별진무라고 자랑이라도 했다는 건가?

진유청이 보기엔 둘 다 가능성이 전혀 없었다.

"아무리 무림맹이 사 천으로 나뉘고, 여러 가지 일로 혼란스럽다 해도 무림맹 영역 인근에서 벌어지는 일을 그냥 좌시할 순 없는 노릇 아니오. 그러니 각 문파에서 인원을 차출해 주변 정리를 했으면 싶은데 다들 어찌 생각하시오?"

허어. 그거였군. 그거였어!

진유청이 아버지를 향해 뭐라 입을 열려 할 때 강하게 녀석의 팔을 잡는 손이 있었다.

"갈 생각이냐?"

진이현이었다.

"채환이 일이잖아요. 녀석 아마 절 기다리고 있을 거예요."

채환이 녀석이 그 휘황찬란하던 용 새끼라면 모를까, 형부상서 어르신을 두고 여기까지 왔다면 뭔가 문제가 있어도 크게 있는 게 분명했다.

진유청의 흔들림 없는 눈동자를 빤히 바라보던 진이현이 손을 거뒀다.

"이제 네 일은 네가 알아서 할 나이긴 하구나."

우리 형님께서 갑자기 왜 나이 타령을 다 하시나.

한수를 구한답시고 뛰쳐나가려 할 때 절대 안 된다며 집을 발칵 뒤집어 놓으셨던 게 얼마나 지났다고.

진유청의 눈초리가 묘해지자 진이현은 여러 말하지 않았다.

"네가 잘할 거라 믿는다."

진유청이 조금 놀란 표정을 짓더니 고개를 크게 끄덕거렸다.

"형님과 아버님께서 걱정하실 일 절대 없도록 할게요."

힘주어 대답한 유청이 급조된 선발대에 자청해서 지원했
다.

"엉? 이현이 녀석이 웬일로 같이 가겠다고 우기지 않네?
그럼, 소일거리 삼아서 우리가 따라나서 볼까? 유청이 녀
석도 간다니까."

홍개가 청운자를 쿡쿡 찌르며 물었다.

청운자는 별다른 고민 없이 홍개와 함께 선발대가 있는
쪽으로 가고 있는데, 저지당했다.

"정체불명의 무리라 해도, 조금 강한 산적들 아니겠소이
까. 한데 장로급이 우르르 몰려 나가는 건 무림맹 체면상
보기에 나쁘지 않겠소이까? 오랫동안 이름 날릴 기회가 없
던 후기지수들에게 선배로서 도움을 주진 못할망정 자리를
뺏는 격이 되니. 두 분은 그냥 물러나시는 게 좋겠소이다.
그래도 정히 가고 싶다면, 장로급들 중 각 조의 인솔자로
따라붙는 자리에 지원하던지 말이오."

최석의 말에 홍개와 청운자가 안색을 굳혔다.

이건 대놓고 구린 냄새를 풀풀 풍기는 게, 영 찝찝했던
것이다.

"유청아, 네 녀석도 이리 나와라. 괜히 혼자 덜렁 나갔
다가 사고 치지 말고."

"전 선발대로 꼭, 가야 하니까 할아버지들이나 무림맹에

서 푹 쉬고 계세요."

진유청이 고집을 부렸다.

한수가 따라붙으려 했지만 그마저 거부당한다.

"채환이가 너랑만 친구냐?"

한수가 분해하니 미안했지만 그래도 어쩔 수 없다.

"넌 사부님 곁을 지키고 있어야지. 너한테 무슨 일이라
도 생기면 장문인께서 다시 일어서실 수 있을 거 같으냐?
채환이는 내가 잘 데려올 테니까 믿고 기다리고 있어!"

진유청은 자기 한 몸이라면 어떤 상황에서든 도망은 칠
수 있다고 생각해서 나선 거지만 한수는 아니지 않은가.

녀석을 위험에 빠트릴 순 없었다.

"자, 이 정도면 숫자는 충분히 채워진 것 같으니 이만하
도록 하고."

말을 끊은 최석이 선발대를 바라봤다.

당연한 거지만, 홍개와 청운자가 저지당한 후로 장로급
은 아무도 지원하지 않았고. 이름을 날리고 싶어 하는 후기
지수들과 왜 저기 속해 있는지 알 수 없는 너무 잘난 녀석
들 몇의 얼굴이 섞여 있었다.

그중엔 최석이 특별히 아끼는 사도진도 있었으니.

둘의 시선이 맞부딪치자 사도진이 남들이 알아채지 못하
게 고개를 끄덕인다.

모종의 약속이 미리 돼 있었던 듯.

"선발대에 속한 이들은 최대한 서둘러 준비를 끝마친 뒤 이곳으로 다시 오시오. 조를 나눈 후 각 조가 갈 방향을 일러 주겠소이다."

최석이 더 이상 시간을 끌 필요가 없다 여겼는지 서둘러 회의를 끝마쳤다.

"난 삼조네?"

대충 짐을 챙겨 온 진유청이 자신 앞으로 내밀어진 종이에 적힌 숫자를 읽었다.

역시나 형님이 따라오겠다고 나서지 않으신 이유가 있었다.

어차피 조를 나누어 각자 다른 방향으로 흩어진다면, 형님이 같이 지원했다고 해서 자신과 함께 움직이게 되리란 법은 없으니까.

물론 자연스레 운이 따르면 그렇게 될 수도 있겠지만, 글쎄……

형님이 곁에 있으면 자기들이 하고 싶은 짓을 하나도 못할 테니, 나쁜 놈들이 인력을 써서 어떻게든 자신들을 따로 떨어트려 놓았을 게 뻔했다.

그런 상황에서 철면검객이 제 동생 꽁무니를 따라가겠다고 우겨댈 수도 없는 노릇일 테니.

이현 형님, 고민 좀 했겠는 걸?

그래도 집요한 남자는 매력 없다는 자신의 말을 이제야 좀 깨달으셨는지 깔끔하게 보내주셔서 다행이다, 훗.

"각 조 모이십시오!"

종이를 나눠 주었던 청년이 목이 터져라 외치며 사람들을 불러 모은다.

난 삼조였지? 삼조가 어디에 있나?

진유청이 두리번거리다가, 딱 알아챘다.

따로 표시가 있는 것도 아니고 누가 알려준 것도 아니지만, 그냥 바로 알았다.

저기군, 하고.

삼조에는 사도진도 있고, 남궁혁도 있고. 진유청 자신으로 인해 깨달음을 얻은 녀석들까지 더해져 반가운 얼굴이 그득했다.

"안녕!"

진유청이 한쪽 입꼬리만 삐죽 솟구친 얄궂은 미소와 함께 인사를 건네지만 아무도 받아 주지 않았다.

뭐, 그런다고 해서 기죽을 진유청도 아니었지만.

줄의 맨 마지막에 선 진유청이 인솔자가 오기를 기다렸다.

다른 조가 다 떠난 후, 마지막에 나타난 삼조의 인솔자는 점창의 장로였다.

"반갑다. 갑자기 이렇게 무림맹 밖을 나가게 돼 다들 긴장했겠지만 내 지시 사항에 잘 따라 움직이면 아무 피해도 없이 좋은 성과를 낼 수 있을 게다."

"알겠습니다."

다른 조에 비해 유독 음침한 기운이 감도는 삼조는 목소리에도 카랑카랑한 살기가 느껴졌다.

"출발!"

점창의 장로가 크게 외친 후 삼조를 이끌고 앞장서 걸어갔다.

아침나절만 해도, 이렇게 맹 밖으로 나갈 일이 생길 거라곤 상상도 못했는데.

그것도 이렇게 다채로운 원한 관계에 둘러싸여서 말이다.

"인생은 참 요지경(瑤池鏡)이라니까?"

진유청이 피식 웃으며 걸음을 옮겼다. 마치, 소풍이라도 나가는 듯이 가볍게.

진유청이 선발대에 지원해서 맹 밖으로 나간다고 했을 때 보였던 동심회 식구들의 우려는, 말 그대로 맹의 정문에서 첫발을 떼자마자 현실에서 구체화됐다.

"저기, 잠시만 기다리십시오!"

정문을 나서서 자신들이 가야 할 방향을 가늠하던 점창의 장로가 뒤를 돌아봤다.

정문 안쪽에서 점창의 제자로 보이는 청년이 헐레벌떡

뛰어와 장로에게 귓속말을 하더니만 한 걸음 뒤로 물러난다.

"이런. 안에서 문제가 생겼다고 하는구나. 내가 인솔자로 너희를 끝까지 책임져야 하거늘, 미안하게 됐다."

"그럼 저희는 인솔자 없이 움직여야 합니까?"

누군가의 질문에 진유청이 고개를 갸웃거린다.

아무리 그래도 그렇지. 돈 들이고 시간 들여 키워 낸 귀한 후기지수들을 그렇게 막 돌릴 문파는 없을 텐데?

"삼조는 맹으로 돌아가는 게 좋겠다."

장로가 미안하다는 듯이 하는 말에 삼조에 속해 있던 후기지수들의 낯빛이 눈에 띄게 창백해졌다.

허엉. 이렇게 시시하게 끝나는 건가? 그럴 리는 없을 텐데.

진유청이 힐끔힐끔 정문이 있는 쪽을 바라보다가 안에서 빼죽 얼굴을 내미는 노인네와 시선이 정면에서 부딪쳤다.

아하!

이쯤 되면 정말 막 가자는 거군.

노인은 진유청이 저를 보고 실소를 흘리자 대번에 안색이 변해 몸을 부르르 떨었다.

그는 잠시 머뭇거렸으나 이내 크게 결심을 한 듯 삼조가 있는 쪽으로 걸어왔다.

"우연히 들으니, 자네에게 일이 생겨 삼조를 인솔할 수

없다 하기에 내가 자네 대신 이들을 이끌고 가기로 했다
네."

"아, 그렇습니까? 감사합니다, 탁 장로님."

점창의 장로가 인사를 했다. 하나 입술을 달싹이는데 풍
기는 분위기나 어조에서 탁경환을 깔보고 있음이 여실히 드
러났다.

"……어서 들어가 보게."

탁경환이 이를 딱딱 부딪치며 겨우 노기를 참고 점창의
장로를 안으로 들여보냈다.

"내가 이제 너희를 이끌 테니, 따라오도록 해라."

삼조에 속한 이들을 훑어보다 진유청에게서 유독 오랜
시간 시선을 주었던 그가 방금 점창의 장로가 그랬듯 선두
로 나아가 후기지수들을 이끌었다.

진유청은 여전히 뒷짐을 진 자세 그대로, 발바닥으로 가
볍게 지면을 스치며 미끄러지듯 쭉쭉 걸음을 옮겼다.

第六章

암습!

"진 공자님, 그때는 제가 정말 잘못했습니다."

청성의 안도건이 두 손바닥을 마주하고 슥슥 비벼대며 진유청에게 머릴 들이밀었다.

얘가 뭘 잘못 먹었나?

진유청은 못 볼 걸 본 것 같은 얼굴로 안도건과 거리를 벌인다.

마치 저를 더러운 똥 보듯 하는 진유청으로 인해 안도건의 두 눈이 옆으로 쭉 찢어져 사나운 기운을 흘렸다.

하나 금세 정신을 차리곤 자기가 언제 그랬냐는 듯이 기운을 갈무리한 뒤 다시금 두 손을 맞잡아 제 가슴팍 앞에 댔다.

"진심으로 반성하고 있으니, 앞으론 잘 지냈으면 합니다. 동심회 회주님의 귀한 아드님과 사이가 틀어지면 보잘것없는 저 같은 놈이 어찌 무림맹 내에서 자릴 잡을 수가 있겠습니까?"

"호오. 거기까지 생각을 하셨습니까?"

머리가 아예 없는 놈은 아니었나 봐!

진유청의 감탄에 안도건의 얼굴이 울긋불긋해졌다.

그가 억지로 입을 열어 대답을 하려는 찰나.

"근데, 여기 온 건 그쪽 사부님께서도 아시는 일입니까?"

"네?"

갑자기 툭 던져진 진유청의 질문에 안도건이 당황해서 되묻는다.

"안 공자의 사부님이면 청성의 장로이실 텐데, 안 공자가 선발대에 지원해서 여기까지 쫄래쫄래 따라온 걸 아시느냐 이 말입니다."

"그, 그런게 왜 궁금하십니까?"

과하게 반응하며 안절부절못하는 걸 보니, 너. 딱 걸렸다!

진유청이 속내완 다르게 점잖은 어조로 얘기했다.

"제가 안 공자의 사부님이라면 절대 허락하지 않았을 거 같아서 말입니다."

"어째서요?"

"그야…… 본인이 더 잘 아시지 않습니까?"

"무, 무슨 말씀인지 전 모르겠습니다."

안도건이 주춤거리며 진유청에게서 물러나더니만 이내 거리를 벌여 멀리 떨어져 나갔다.

사실 안도건이 선발대에 지원하고, 삼조로 들어오게 된 건 사도진 때문이었다.

안도건과 몇몇 후기지수들은 일전 진유청과의 안 좋았던 만남 이후 세상이 무너지는 것 같은 절망을 맛봐야 했다.

사내가 살면서 실패도 하고, 좌절도 할 수 있다손 쳐도 이건 아니잖아!

자고 일어날 때나, 뒷간에 다녀왔을 때나. 수많은 일상생활에서 그날의 충격과 고통을 고스란히 재현해 다시금 곱씹고 체험해야 했으니!

한데 어디서 그 이야기를 들었는지 사도진이 다가와 곧 선발대가 조직돼 맹 밖으로 나가게 될 거란 얘기를 흘렸다.

직접적으로 대놓고 얘기하진 않았어도, 이번 일에 모종의 음모가 숨어 있다는 걸 느끼지 못했을 만큼 안도건이 바보는 아니었다.

일이 잘못됐을 때 자신이 겪어야 할 문제들이 인생을 망쳐 놓을 수 있다는 것도 충분히 자각하고 있었고.

그러나 안도건은 해야만 했다.

그렇지 않고서는 도저히, 그때 느꼈던 모욕감과 당장의 수치심을 지우고 앞으로 나아갈 수 없을 것 같았기에.

아마 다른 후기지수들도 안도건과 같은 상황에서 같은 마음으로 지원해서 삼조로 배정을 받은 걸 테지.

아마 여기 모여 있는 삼조의 인물들 모두는 저 끔찍한 재앙(災殃)과의 악연(惡緣)에 종지부를 찍고 싶은 이들일 터.

저는 그런 더러운 거랑 상관 없다는 듯이 고고한 얼굴을 하고 있는 사도진까지 포함해서 말이다.

"어이, 거기 안 공자님. 저랑 친해지고 싶으시다면서 대체 어디까지 멀리 가시는 겁니까?"

진유청이 안도건을 향해 손짓을 했다.

"젠장!"

안도건의 입에서 욕설이 튀어나왔다.

암살을 할 때 가장 중요한 건 상대방을 방심시키는 것 아니겠나!

첫술에 배부를 수는 없으니, 지금부터 부지런히 틈을 벌여 놓아 나중에 결정적 한 방을 먹이고야 말리라 다짐하며 친한 척을 했던 건데.

아무래도 전혀 소용이 없을 듯.

상대를 방심시키기는커녕, 저놈이야말로 안도건 자신이 방심할 수 없게 계속 자극하여 여기저기를 쑤셔대니 속이 아프고 눈에 불똥이 튀겨 미칠 지경이었다.

안도건이 고개를 휙 돌리자 진유청이 어깨를 으쓱거린다.

"벌써 나가떨어지다니. 이제 다음 놈이 나서려나?"

삼조 일행은 서로를 견제하고 있었다.

누가 먼저 진유청 자신을 잡을지 내기라도 하고 있는 듯, 다른 놈이 자기 먹이에 손을 대는 걸 경계하는 듯 말이다.

"저기, 저 기억하십니까?"

잠시 후, 두 번째 녀석이 우물쭈물하며 진유청에게 다가왔다.

"제법 걸었는데, 출출하지 않으십니까?"

안도건과는 다르게 질기게도 옆에 붙어서 떨어져 나가지 않는 두 번째 녀석의 말에 진유청이 고개를 끄덕였다.

"그런 것도 같고……."

"장로님, 뭐 좀 먹고 계속 가는 게 어떻겠습니까? 아직 해가 있을 때 배를 채우는 게 좋을 거 같은데요."

보기엔 낯가림도 심하고, 제 할 말 다 못하고 살 거 같이 생겼는데 주춤거리면서도 먼저 유청에게 말을 걸고 탁경환 앞에서 제 주장을 펼치는 데도 제법 당찼다.

"그러지. 다들 잠시 쉬었다 가자."

탁경환이 녀석의 의견을 받아들였다.

삼조 일행은 길 한편으로 물러나, 딱 맞춰 서 있는 커다란 나무 아래 그늘 속으로 꾸물꾸물 기어들어 갔다.

진유청이 가져온 짐 속에 손을 집어넣고 이리저리 물건을 헤집으며 육포를 찾고 있을 때 그의 코앞으로 향긋한 먹을거리가 불쑥 내밀어졌다.

　"드셔 보실래요? 제가 가져온 겁니다."

　오! 뇌물인가?

　진유청의 눈이 커졌다.

　한눈에 봐도 먹음직스러운 군것질거리가 설탕 옷을 입고 반짝반짝 빛을 뿜어내고 있었다.

　사양도 않고 덥석 집어든 진유청이 자신을 향해 쏟아지는 뜨거운 시선에 주변을 훑어봤다.

　"나눠 먹을래요?"

　딱 혼자 먹을 양이긴 했지만 그래도 쪼개서 나누면 다들 한 입씩 맛은 볼 수 있으리라.

　비록 먹을 건커녕 종이 한쪽 나눠 주기도 싫을 만큼 재수 없는 놈들이긴 하지만, 그래도 먹을 거 가지고 쪼잔하게 굴면 복 달아난다.

　저놈들 복 말고 내 복.

　진유청이 과자를 뚝 분질러 근처에 있던 놈에게 내밀자 놈이 진유청과 과자 그리고 두 번째 녀석을 번갈아 바라보다 결국 고개를 젓는다.

　"배가 안 고파서……."

　진유청이 그 옆에 앉아 있는 다음 녀석에게도 과자를 내밀었지만 똑같이 거절당했다.

다들 배가 안 고프단다.

그러면서 왜 밥 때라며 길거리에 주저앉아 각자 짐을 풀어 먹을거리를 꺼내 들고 있었단 말인가?

진유청이 묘한 눈초리로 일행을 훑으니 다들 분주하게 짐 속으로 육포며 주먹밥을 다시 집어넣는다.

흐응. 그러시겠다?

진유청이 찰싹 달라붙어 떨어질 줄 모르는 두 번째 녀석에게 과자를 내밀었다.

너도 안 먹으면, 이건 상한 거다. 고로 자신도 먹지 않겠다는 강렬한 의지를 담아서.

"이거 굉장히 비싸고 맛있는 건데, 이상하게 여기선 인기가 없네요."

녀석이 아무렇지도 않은 척 과자 반쪽을 받아 들고 입으로 가져가 오독오독 씹어 먹는다.

하지만 진유청은 놈의 눈동자가 살짝 흔들리는 걸 보았다.

뭐, 준비성이 철저했다면 미리 해독약을 먹어 두었을 거고 그렇지 않더라도 먹고 죽을 만큼의 독약을 바른 건 아닐 테니 저렇게 억지로나마 입에 쑤셔 넣고 있는 거겠지.

진유청이 제 손에 들려 있는 나머지 반쪽의 과자를 응시했다.

자신은 여러 번 죽을 고비를 넘기며 체질이 변화해서, 이런 걸 먹어도 탈이 나거나 죽지는 않을 거 같다.

진유청이 과자를 베어 먹으려 입으로 가져가다가 그만 실수로 놓쳐 버렸다.

"어어?"

두 번째 녀석이 저도 모르게 크게 신음을 흘렸다.

녀석은 툭, 하고 허망하게 바닥으로 떨어진 과자를 울 것 같은 얼굴로 내려다봤다.

"아까워라."

진유청도 진심으로 애도의 마음을 표했다.

그래도 그건 그거고, 이건 이거. 땅에 떨어진 걸 주워 먹을 순 없지 않나.

진유청이 부스럭거리며 저가 가져온 먹을거리를 펼쳐 들고 우물거렸다.

"다, 다른 것도 있는데 드셔 보실래요?"

뒤늦게 정신을 차린 놈이 진유청에게 권했지만 벌써 배가 불렀던 그는 점잖게 사양했다.

"전 됐으니, 그쪽이나 많이 드세요."

이따가 배앓이를 심하게 할지도 모르니, 아직 괜찮을 때 미리미리 많이 먹어 두는 게 좋을 텐데.

진유청의 따스한 눈빛에 놈의 얼굴이 썩은 돼지 간 빛깔로 변색됐다.

"얼굴이 왜 그러십니까? 혹시 과자 먹고 탈이라도 나신 겁니까?"

쐐기를 박는 진유청의 말에 놈이 입술을 질끈 깨물더니 고개를 휘휘 저었다.

"아닙니다."

"그러면 다행이고요."

진유청 혼자 배를 채웠으니 다른 이들은 모두 허기진 채 다시 길을 걸어야 하리라.

일행이 다시 이동하기 시작했다.

두 번째 녀석도 떨어져 나가 진유청은 처음과 마찬가지로 혼자가 됐다.

다음엔 누가 오려나?

나름대로 기대를 갖고 기다렸지만 쉬이 달려드는 이가 없었다.

사실 안도건이나 좀 전의 두 번째 녀석이 어설프게 달려들었다가 바로 내팽개쳐지는 걸 똑똑히 보았으니 덤빌 마음이 사그라졌을 만도 했다.

그럼 이제 본격적으로 해보려는 놈들이 본색을 드러내려나?

그의 눈에 앞서 가던 걸음을 늦추고 자꾸만 자신을 돌아보는 세 사람이 담겼다.

"제대로 덤비라고. 그러면 나도 제대로 상대해 줄 테니까."

세 사람 모두 진유청에게 빚이 있다.

그리고 진유청은 이번에야말로 그 빚을 모두 청산할 작정이었다.

"홍개 할아버지가 잘해내셔야 할 텐데."

선발대 지원을 면전에서 거부당한 홍개와 청운자에게 진유청이 나중에 따로 부탁을 한 게 있는데 어찌 됐을는지 잘 모르겠다.

괜히 일이 커지지 않도록 조용히 움직이라 당부했는데, 도사 할아버지는 몰라도 거지 할아버지는 뭐 하나 할 때마다 어찌나 소리가 요란한지 조금 있다 돌아보면 동심회 내에서 모르는 이가 없는 것이다.

"에휴. 할아버지들이 알아서 잘하시겠지. 채환이 녀석이야말로 걱정이네. 무사해야 할 텐데."

아직 심안으로는 보이지 않지만, 바람결에 희미하게 녀석의 기운이 묻어났다.

다른 누구도 알 수 없겠지만, 진유청은 자신은 느낄 수 있다.

그러니까, 조금만 기다려라.

진유청이 입속으로 나직하게 속삭였다.

"넌 이런데 끼어들지 않을 거라고 생각했는데."

남궁혁이 무림맹을 나선 이후 한마디도 하지 않는 사도진을 향해 말을 건넸다.

그러나 사도진은 아무런 대답도 하지 않았다.

그는 그다지 이야기를 나눌 기분이 아니라는 듯이 표정이 드러나지 않는 무심한 얼굴로 묵묵히 제 갈 길을 갔다.

그런 사도진을 바라보는 남궁혁의 입가가 묘하게 비틀린다.

"하긴. 너도 어쩔 수 없었겠지. 안 그러냐?"

남궁혁의 말이 비수가 돼 사도진의 등에 꽂혔다.

사도진의 어깨가 경직돼 몸이 딱딱하게 굳은 게 눈에 드러났을 정도였다.

자신만 망가진 게 아니라는 쾌감에 남궁혁이 위로받았다.

저 잘나고도 잘난 사도진도 결국 자신이나 별반 다를 거 없는 놈이라는데 어찌 기쁘지 않겠나.

"무림학관에 있을 땐 내 훗날의 모습이 이런 꼴이 돼 있을 거라곤 상상도 하지 않았는데."

남궁혁은 자신이 큰형인 남궁민처럼 자랄 줄 알았다.

그처럼 멋지고 당당하고 오만한 청년으로. 그래서 남궁세가 내에서도 자신의 입지를 다지고 자신을 사람 취급도 하지 않던 큰형에게 복수해 주리라.

언젠간 자신을 인정하게 만들 리가 다짐했었다.

진유청을 만나 인생이 꼬이기 전까지는 분명, 그것이 자신이 가게 될 단 하나의 길이라고 믿어 의심치 않았던 것이다.

"사도진, 너도 그랬겠지?"

자기를 부르는 목소리에 사도진이 남궁혁을 돌아봤다.

싸늘하게 식은 사도진의 눈동자엔 일말의 살기까지 담겨 있었다.

"우리가 옛 추억을 주고받으며 한담을 나눌 만큼 친한 사이였던가?"

사도진의 말에 남궁혁이 벼락이라도 맞은 것처럼 몸을 부르르 떨었다.

그리고.

"하하하, 하하하하!"

그가 발작적으로 웃음을 터트리며 경련했다.

"그래, 사도진. 맞다. 우리는 그럴 만큼 친한 사이는 아니었지. 이전에도 그랬지만 지금은 더더욱이나 말이야."

웃음을 겨우 참느라 눈꼬리에 맺힌 눈물까지 닦아 낸 남궁혁이 사도진을 향해 고개를 끄덕여 보였다.

"……기억해 냈다니, 다행이구나."

사도진이 남궁혁을 외면하며 시선을 다시 앞으로 향했다.

물론 정말 그랬는지는 사도진도 남궁혁도 기억나지 않았다.

분명 사이가 나쁘지는 않았지만, 그 일 이후 서로가 껄끄러워졌다고 해야 하나?

남궁혁이 소기의 도움을 받아 진유청에게 습격당해 다친 것처럼 사건을 꾸몄던 일, 말이다.

어쨌거나 중요한 건 현재 아니겠나.

서로가 친분이 있었는지 없었는지조차 확신할 수 없는, 그런 사이가 됐다는 거.

남궁혁이 걸음을 멈췄다. 그러자 계속해서 걸어가는 일행들이 그를 스쳐 지나가 저만치 앞서가게 됐다.

자연히 꽁지에서 산책이라도 하듯 여유롭게 걸음을 옮기던 진유청과 남궁혁 둘만 뒤쪽에 덩그러니 남는다.

"그때 내가 널 만나지 않았다면 어떻게 됐을까?"

남궁혁 자신은 원래 진유청이란 놈이 있다는 사실도 몰랐고, 관심도 전혀 없었다.

자신이 그렇게 나서게 됐던 건 모두 큰형인 남궁민이 시켜서 했던 일.

만약 싫은 건 하지 않겠다 말하고 남궁민의 말을 무시했더라면, 그랬으면 어땠을까.

최소한 지금보단 나은 삶을 살 수 있었을까?

"그건 알 수 없지. 그런 일은 일어나지 않았으니까."

상대가 진지하게 물어오니, 진유청도 진지하게 대답했다.

"내 생각엔 말이다. 그래도 우린 어디선가 만나서 다투고 서로를 눈엣가시처럼 여기게 됐을 거다."

이만한 악연이 끊는다고 끊어질 리가 없다.

둘 중 하나가 없어져야, 겨우 끝은 낼 수 있을 뿐.

"그래서 나 죽이려고?"

진유청이 갈수록 과거의 자신과 닮아가는 남궁혁에게 대놓고 물었다.

"응. 널 죽여야만 내가 살 거 같다."

이제 막 십대 후반. 한데도 그렇게 슬픈 말을 해야 할 만큼 우리, 사는 게 힘든 세상에서 버티고 있는 거냐?

"그럼 넌 최선을 다해서 살아남기 위해 애써라. 나도 그럴 테니. 그러다 먼저 땅바닥에 처박히는 놈은 그냥 운이 없었다고 생각하자."

진유청은 무겁지 않게, 친구에게 농을 건네듯 말했다.

지금쯤 상방 오호에서 오현이에게 엉켜 저만 빼놓고 유청 자신이 놀러 나갔다며 푸념을 늘어놓고 있을 제갈영이 떠올랐다.

남궁혁, 너도 조금쯤은 다르게 만날 수 있었을지도 모른다고.

진유청은 처음으로 생각해 봤다.

밤이 되자 어슴푸레한 공기가 내려앉아 일행을 감쌌다.

산중에서 별다른 준비도 없이 노숙(露宿)을 하려니 여기저기서 불만이 튀어나올 법한 데도 조용했다.

진유청이야 한수를 찾아 헤맬 때 하도 고생을 해서 그렇다 쳐도 다른 후기지수들에겐 이런 박한 잠자리가 낯설 게 분명한데도 말이다.

빨리도 시작하는군.

진유청이 피식 웃더니, 아무렇지도 않게 주변을 둘러본 뒤 바닥이 젖지 않은 곳을 찾아 엉덩이를 붙였다.

"아무래도 인의회 같지?"

자리를 잡고 편하게 앉은 진유청이 혼잣말을 중얼거렸다.

낮에 있었던 회의와 삼조의 구성원으로 보건데 이 일의 주최는 인의회였다.

거기에 남궁혁과 더불어 진유청에게 원한이 있는 후기지수들 몇이 사도진에게 낚여 이 자리에 있게 된 걸 테고.

아까 있었던 일로 보건데 남궁혁은 물론 다른 녀석들은 제 사문에 제대로 알리지도 않고 온 것 같으니, 이 일은 후에 파장이 꽤나 클 터였다.

인의회의 바람대로, 남궁혁이 자신을 죽이는데 성공하거나 사도진이나 탁경환이 자신을 죽이고 남궁혁에게 덮어씌우는 데 성공하면 말이다.

"황궁에 있던 채환이가 이리로 오고 있고, 인의회가 움직였다면 연이 상단과 관련된 문제일 텐데."

진유청이 주변에 떨어져 있는 나뭇가지 하나를 주워 들고 흙바닥 위에 슥슥 그림을 그렸다.

그럼 정체불명의 무리들은 연이 상단 소속 무사들일 테고.

그들만으론 채환이를 막을 수 없게 되자 인의회에 도움을 청한 모양이군.

인의회에선 겸사겸사하여, 진가장과 남궁세가까지 한꺼번에 엮어 보려 한 것일 테고.

하여간 노인네들. 나쁜 쪽으로 머리 돌아가는 건 엄청 빠르다니까?

아주 징하다, 징해!

진유청이 고개를 설레설레 흔들었다.

시간이 깊어가고, 불편한 노숙에 익숙지 않아 뒤척이던 녀석들도 하나둘 잠이 들었는지 숨소리만 고요히 내려앉는 공간.

가끔 휘몰아치는 바람 소리가 귓속으로 세차게 파고들었다가 사그라지길 반복했다.

그렇게 조금의 시간이 더 지난 후.

정좌를 한 채 눈을 감고 있던 진유청이 슬그머니 눈꺼풀을 들어 올렸다.

"암습할까, 아니면 결투를 청할까 고민하고 계신 겁니까?"

진유청이 눈앞에 서 있는 커다란 그림자를 향해 물었다.

남궁혁이 먼저일 줄 알았는데, 역시나 탁 장로님은 참을

성이 없는 분이셨다.

"그게 무슨 말이냐?"

탁경환이 모르는 척 되물었다.

노인네, 시치미 때기는.

"모르시면 됐습니다."

눈에 빤히 보이는 걸 굳이 아니라는데 캐물을 마음도 없다. 어차피 곧 밝혀질 일.

"……알고서도 온 것이냐?"

대체 무슨 배짱으로?

"친구가 위험에 처해 있다는 데 어쩌겠습니까. 함정인지 알면서도 빠져드릴 수밖에요."

"퍽이나 감동적이구나."

건조한 목소리엔 조금의 감흥도 깃들어 있지 않다.

다만 이런 상황에서도 느물거리며 제 할 말을 다 하고야 마는 진유청을 쏘아보는 눈동자에 살기가 희번덕거릴 뿐.

"소악마. 네놈 때문에 나는 인생을 망치게 됐으니 네가 그 대가를 치러줘야겠다."

"그건 엄연히 장로님의 선택이셨는데요?"

진유청 자신이 한 건 아무것도 없…… 지는 않군.

그래도 저 노인네 인생 값을 자신이 대신 치러줘야 할 만큼은 절대 아니었다.

"여전히 입은 잘도 놀리는구나."

탁경환이 검을 뽑아 들었다.

그러자 자고 있는 척하던 녀석들도 하나, 둘 부스스 일어나 자세를 잡는다.

"합공이에요?"

진유청도 위험에 대비해 옆구리에 차고 있던 검을 검집 채 풀러 손에 쥐었다.

그의 검은 검집에서 뽑혀 본 적이 없으니 유청에게 있어선 이게 더 자연스러운 행동이었지만 다른 이들 보기엔 그렇지 않은 듯.

"검도 뽑지 않다니. 제정신이 아니구나."

탁경환이 한쪽 볼을 씰룩이며 웃었다.

아니, 그건 웃음이라기 보단 자기들을 끝까지 무시한다고 여겨 폭발한 광기다.

탁경환이 참지 못하고 검을 휘두르려는 때에 그를 저지하는 이가 있었다.

"정체불명의 무리들이 출몰한다고 하는 영역도 아닌데, 여기서 일을 치르실 작정이십니까?"

남궁혁이었다.

"너한텐 그렇게 얘기해서 그 정체불명의 무리인지 뭔지에 책임을 전가하자고 꼬드긴 모양이지만…… 이 사람들은 처음부터 날 죽인 다음 네게 죄를 덮어씌울 작정이었다고."

"어디서 이간질을 하느냐!"

카랑카랑한 탁경환의 목소리가 밤을 찢었다.

"장로님은 됐습니다. 그러니 사도진. 네가 말해봐라. 정말 진유청 말대로냐?"

사도진은 입을 다문 채 검을 쥔 손을 비스듬히 들어 올렸다.

"말해 보라니까!"

남궁혁이 재차 외쳤지만 그는 꼼짝도 하지 않았다.

"너만 몰랐던 거다, 남궁혁. 여기서 노숙을 한다고 했을 때 저 녀석들 중 아무도 불만을 터트리지 않았잖아. 니가 보기에 그게 가능하냐? 예전의 너라면 그랬겠냐고."

진유청의 말이 맞다.

거대 문파에서 곱게 길러져 안하무인인 후기지수들이 전투를 하러 나온 참이라고 해서 없던 철이 갑자기 들었을 리는 없을 테니까.

"저들은 오늘 밤 여기서 잠을 자려고 했던 게 아니니까 그랬던 거다. 일을 치를 장소로 택했으니, 박한 잠자리에도 두말 않고 드러누워 때를 기다린 게지."

진유청이 친절히 설명까지 덧붙여 주니 답답했던 머릿속이 환해졌다.

"그래서, 남궁혁. 너는 어쩌려는 거냐? 여기서 진유청과 손이라도 잡고 우리와 싸울 작정이냐."

드디어 침묵하고 있던 사도진이 입을 열었다.

그리고 그가 한 말은 남궁혁을 잠시나마 고민하게 만들었다.

자신이 함정에 빠졌다는 분노와 저들에 대한 배신감이 진유청에 대한 증오보다 과연 클까?

전자와 후자를 저울질해 본 남궁혁의 얼굴이 말끔하게 갠다.

남궁혁에게 있어서는 세상 그 무엇도 진유청이 올라가 있는 저울추보다 무거울 수 없었다.

그토록 두려워하면서도 동경하던, 그마저 모두 미움으로 변하게 한 큰형 남궁민이라 해도 그랬다.

그러니 두 번 생각할 필요가 뭐 있겠나.

그가 뚜벅뚜벅 걸음을 옮겨 사도진 옆으로 가서 섰다.

"역시 그렇구나."

진유청은 왠지 모르게 조금 아쉬웠다.

남궁혁이 악연을 끝내지 않고, 변화시킬 수 있는 마지막 기회를 저버렸다는 걸 느꼈으니까.

대치 상황이 확실해지자, 진유청을 향해 쏟아지는 살기가 한층 더 선명하고 짙어졌다.

하지만 진유청은 떨거나 약한 모습을 보이지 않았다.

그도 그럴 것이, 함정인지 알면서도 따라나선 것엔 그만한 자신감이 있기 때문이 아니겠는가.

"저기, 근데요."

진유청이 자신을 노려보는 이들과 하나하나 시선을 마주치며 말을 이었다.

"제가 강한 건, 아세요들?"

알고도 그렇게 자신만만하게, 막다른 길목으로 토끼를 몰아넣은 사냥개처럼 덤비시는 겁니까?

참 웃긴 게, 이전에 남궁혁도 그랬지만 저기 있는 떨거지들은 모두 자신에게 호되게 당한 경험이 있다.

탁경환은 저 스스론 자각하지 못하겠지만 진유청이 잡혀주지 않았다면 결코 녀석의 옷자락도 스치지 못했을 거고.

사도진이 좀 문제긴 하지만, 그래도 녀석이 이현 형님 정도의 능력자가 아닌 이상은 괜찮을 터.

진유청 자신은 절대 약하지 않은데, 다들 그렇게 당했으면서 아직도 그걸 깨닫지 못하고 있다.

대체 왜 그럴까?

"흥, 죽을 때가 다 되니 별 헛소리를 다 하는구나."

탁경환이 비릿하게 웃는다.

"그땐, 네가 쓴 수법이 하도 기괴하고 당황스러워 당한 것뿐! 절대 우리가 약해서 당한 게 아니다!"

안도건의 외침에 진유청이 고개를 끄덕였다.

자신이 너무 살살 봐줘 가며 때려서 다들 저렇게 기어오르는 거였구나!

한쪽 씩으론 안 되는 거였다.

"차라리 팔이나 다릴 잘라 버리지. 어떻게 그런 수치를 줄 수가 있단 말이냐!"

안도건이 진유청을 원망한다.

분명 진유청 입장에선 자신을 정말 죽이려고 달려들었던 놈들에게 그나마 선처를 베푼 거였는데도 말이다.

그래, 이제 알겠다.

한 쪽이든 두 쪽이든 상관없는 거였다.

자신의 방식으론 저들이 자신을 꺼림칙해하면 했지, 무서워하게 하지는 못했던 것이다.

우습지 않은가?

자기를 이긴 상대가 무섭지 않다 하여 덤비고 덤비길 반복하다니.

아마 최소한 목숨은 건질 수 있을 거란 안온한 생각이 머릿속 깊은 곳에 자리 잡고 있기 때문에 가능한 걸 테지?

"오늘 여기 오길 아주 잘한 거 같습니다."

덕분에 큰 걸 깨닫게 됐다.

진유청이 자신을 향해 조금씩 다가오는 이들을 향해 웃어 보였다.

"여러분의 마음을 알게 됐으니 저도 성심성의껏 상대해 드리지요. 아주 제대로, 확실하게."

어둠 속에서 녀석의 흰 이가 도드라지게 빛났다.

채앵!

안도건의 검을 쳐낸 진유청은 곧바로 상체를 숙여 남궁혁의 검을 아슬아슬하게 피해냈다.

그리곤 재빠르게 바닥을 굴러 뒤로 물러난다.

혼자서 다수를 상대할 때 가장 최악의 상황은 포위진 속에 갇히는 것이었으니, 치고 빠질 때를 확실히 해야 했던 것이다.

하지만 이번엔 미리 거리를 벌인 채 진유청의 이동 방향을 재고 있던 탁경환이 재빨리 달려옴으로써 출로가 막혀버렸다.

"죽어라!"

쉬이익!

검기를 두른 검의 위력은 대단했다.

피부를 직접적으로 베지 않고 허공을 갈랐음에도 찌릿함에 볼이 떨려왔다.

"괜히 강하다고 큰소리쳤나?"

진유청이 입맛을 다신다.

놈들이 눈알을 까뒤집고 달려드니, 여간 소름 돋는 게 아니었다.

카앙, 캉!

진유청이 자신을 향해 내리 찍는 탁경환의 검을 검집으로 쳐내면서도 주변을 살피길 게을리 하지 않는다.

쉬익!

어디선가 불쑥 튀어나온 사도진의 검이 진유청의 등을 향해 매섭게 파고든다.

미리 느끼고 있던 진유청이 바닥으로 털썩 주저앉았다.

챙!

앞에서 공격하던 탁경환의 검과 뒤에서 찔러오던 사도진의 검이 진유청이 사라진 공간에서 맞부딪쳤다.

두 사람은 검이 부딪치는 순간 팔을 아래로 하여 동시에 검끝을 바닥으로 내리꽂았다.

하나 진유청은 엉덩이가 바닥에 닿자마자 옆으로 몸을 비틀어 빠져나온 참이었으니.

결국 두 사람의 검끝은 바닥을 파 뒤집는 걸로 헛손질을 해야 했다.

"휘유. 조금만 늦었어도 머리꼭지에 검이 두 개나 박혔겠군."

진유청이 가슴을 쓸어내린다.

그러나 쉬고 있을 틈이 없었다.

곧바로 다른 이들의 공격이 이어졌기 때문이다.

"쥐새끼 같은 놈!"

탁경환은 진유청의 무공 수위가 자신의 예상을 훨씬 상회한다는 것에 놀라지 않을 수 없었다.

하지만 탁경환은 알지 못했다.

정작 놀라운 일은 이제부터 시작될 거라는 것을.

채애앵!

남궁혁이 두 손으로 맞잡은 검으로 진유청의 검을 거세게 쳐냈다.

녀석의 손아귀에서 벗어난 검이 허공으로 부웅 떠올랐다 바닥으로 나동그라졌다.

"이제 끝이군."

무인은 검을 놓치는 순간, 이미 죽은 거나 다름없지 않은가!

남궁혁의 눈에 희열이 깃들며 그의 어깨가 크게 뒤로 젖혀짐과 동시에 검끝이 진유청의 심장을 가리킬 때!

진유청이 어딘가를 향해 손을 뻗었다.

쉬이익!

진유청의 검이…… 그의 손으로 빨려 들어간다?

흙바닥 위엔 덩그러니 비어 있는 검집만 남아 있었다.

"……어떻게?"

남궁혁의 눈이 불신으로 얼룩졌다.

그러나 가장 놀란 이는 바로 탁경환이었는데. 모여 있는 이들 중 가장 무공이 높았던 그인지라 지금 진유청이 보인 힘이 어느 정도인지를 머릿속에 그려보기라도 할 수준이 됐기 때문이었다.

"이런 거 처음 보세요? 뭘 그리 놀라고들 그래요?"

이 힘이 기본을 갖춘 제 본신 능력이 아니라 여기는 진유청이기에 이런 주목은 조금 부담스러웠다.

물론 처음 이것에 대해 알게 됐을 때 별 쓸모없는 능력이다 있구나 하고 기막혀 했던 거에 비하면 꽤나 유용해서 기쁘긴 하지만 말이다.

진유청이 자세를 가다듬고 검을 곧추세웠다.

잠시 넋을 놓고 있던 이들도 정신을 차리고 진유청을 향한 공격을 다시 시작하려 했다.

그러나 진유청은 서두르지 않았다.

그리고 녀석은 자연과 하나가 되어 세상의 온유한 기운을 다스린다. 불귀곡의 비급에 나와 있는 말 그대로를 제 몸으로 실현하는 것이다.

과연…… 될까?

진유청으로서도 자신할 순 없었다.

연습할 땐 조금씩이나마 됐는데 실전에선 써본 적이 없으니 어찌 될는지.

그래도 이왕이면 되라!

더 강한 힘이 오히려 덜 상처 주는 방법이 된다면. 그게 더 나은 거라면.

그렇게 되라!

녀석이 자신의 몸 안으로 받아들인 자연의 기운을 검에 쏟아부었다.

자신과 자연이 하나이듯, 검 또한 자신과 하나가 돼 움직인다.

쉬이이익!

진유청의 검에 바람이 깃들었다.

그것은 누가 봐도 검기와는 전혀 다른, 새로운 힘이라는 걸 알 수 있을 만큼 영롱하고 부드러웠다.

검을 흔들면, 바람이 꼬리를 살랑거리며 희미한 잔상을 남겼다가 다시 검 안으로 빨려 들어갔다.

공격을 하다 말고 멈춰 서서 홀린 듯 그 모습을 지켜보던 남궁혁의 눈동자가 산산이 부서졌다.

이래선 안 되지 않는가?

어째서 저놈은 뭐든 다 가질 수 있단 말인가?

우악스럽게 개싸움을 하고, 멀쩡했던 놈들을 반 고자로 만드는 괴상한 방법을 사용해 승리하고.

그래서 자신을 이겼어도 본 실력이 아니라 여겼고, 그렇기에 대단하다 여기지 않았다.

자신이 이길 수는 없어도 딱히 진 거라고 할 수도 없다는 마음이 강했기 때문이다.

한데 이젠, 뭐라고 해야 하나?

남궁혁이 이를 으득 깨물더니 검을 든 채로 진유청을 향해 달려갔다.

난 죽어도 상관없으니, 너도 좀 죽어 줘라!

한 놈만 운이 없어 바다에 처박힌 거라 하지 말고 나란히, 같이 운 없는 놈 하자. 아무리 질긴 악연이라 해도, 불쌍하고 외롭게 혼자만 보내지 말고!

제발!

남궁혁의 검이 진유청의 심장이 있는 방향으로 파고들었다.

진유청은 자신을 향하는 검끝에서 시선을 떼지 않고 있다가 재빠르게 검을 거꾸로 세운 뒤 손잡이를 비틀어 검날로 검끝을 막아냈다.

째앵!

남궁혁의 검끝이 진유청의 검날에 가로막혔다.

남궁혁은 이대로 공격을 멈추지 않고 계속해서 검을 쥔 손에 힘을 주었다.

진유청의 검이 흔들리든 밀리면 녀석은 끝장이다!

그러나 상황은 남궁혁에게 유리하게 돌아가지 않았다.

남궁혁의 검끝이 조금씩 바스러지며 무뎌지고 있었던 것이다.

"이런!"

경악한 그가 저도 모르게 자세를 흐트러트리자, 진유청이 발을 들어 남궁혁의 가슴팍을 밀쳐내듯 강하게 찼다.

퍼억!

남궁혁이 뒤로 나동그라지며 바닥에 뻗었다.

"이래도 계속 덤비실 거예요?"

진유청이 다른 이들에게 물었다.

"저, 저런 힘을 오래 사용할 수 있을 리가 없다!"

잠시만 버티면 된다, 잠시만!

탁한 목소리로 버럭 소리친 탁경환은 물러설 뜻이 없는 모양.

그가 후기지수들 몇에게 눈짓을 해 앞으로 나아가게 했다.

저들을 제물로 삼은 후, 진유청의 힘이 빠지면 그제야 저가 나설 요량인 듯.

"하여간 치사하기는."

저 그렇게 빨리 지치는 남자 아니거든요?

진유청이 눈을 가늘게 뜬 채, 잔뜩 겁을 먹고서도 어떻게든 발을 내딛어 자신을 향해 다가오는 이들을 바라봤다.

第七章

나채환의 위기!

"저기, 저놈들인가 보네."

청운자가 무림맹을 빠져나가는 한 무리의 무인들을 턱 끝으로 가리켰다.

"무림맹에 이렇게 큰 개구멍이 있을 줄이야. 미리 하급 무사들에게 물어봐 놓지 않았으면, 두 눈 멀뚱히 뜨고 정문 만 바라보고 있다가 놓칠 뻔했네."

한 떼의 무인들이 남의 눈에 띄지 않고도 무리 없이 밖으 로 나갈 만한 곳이 있냐는 홍개의 질문에 하급 무사들은 성 심성의껏 대답해 주었다.

하급 무사들은 자기들이 가볼 일이 없는 무림맹의 요지 나 각 문파의 처소에 대해선 아는 게 없었지만, 대신 무림맹 곳곳에 있는 개구멍이나 경비가 허술한 위치에 대해선 속속들이 알고 있었다.

"유청이가 부탁한 건데 잘못됐다간 남은 평생을 그 녀석 잔소리와 함께해야 할 테니……."

청운자가 홍개를 돌아보며 주의를 줬다.

"나도 안다. 그 녀석이 제 아비에게도 알리지 말라 당부를 한 다음 우릴 믿고 맡긴 건데 조심하고 또 조심해서 어떻게든 성공해야지."

두 주먹 불끈 쥔 홍개에겐 아직도 청춘의 열기가 느껴졌다.

"한데 정말 이래도 되겠나? 나는 진 회주까지는 어떻게 넘어갈 수 있을 거 같지만…… 이현이가 영 마음에 걸리네."

유청의 부탁을 들어주기로 한 청운자와 홍개는 혹시 모를 만약을 대비해 한 명을 더 끌어들였으니.

"그러면 땡중 너는 지금이라도 돌아가던지."

홍개가 가겠다면 잡지 않겠다는 듯이 한 팔을 내젓자 목영이 고개를 저었다.

"내가 언제 가겠다고 했나. 다만 나중에 이 일을 이현이가 알게 되면 조용히 넘어가진 못 게 분명하니 해본 소리지."

"목영의 말이 맞는 건 사실이지 않나. 이현이 녀석이 찬

바람 쌩쌩 불기 시작하면 유청이 녀석의 잔소리보다 더하면 더했지, 덜하진 않으니까."

청운자까지 목영에게 동조해 주자 홍개가 입맛을 다신다.

그 자신이라고 왜 모를까.

평생 배탈이란 걸 모르고 살던 속 편한 거지가 맛있고 좋은 밥 먹고도 얹히게 만들고야 말 정도란 걸 몸소 체험해 본 상태인데.

"그렇다고 이제 와 회주에게 알릴 수도 없지 않나. 그냥 우리끼리 잘해 보는 수밖에."

진유청은 대회의장에서 선발대에 지원하고 학관에 들러 짐을 챙긴 후 홍개와 청운자를 따로 불러 한 가지 부탁을 했다.

아버지에게 부탁하면 괜히 걱정만 끼치고 일만 더 커질 것 같으니 조용히 처리해 달라는 말을 시작으로 한 뒤 이어진 것은……

자기가 선발대와 떠난 다음 은밀히 무림맹을 나서는 한 떼의 무리가 있을 텐데 그들을 따라가 달라는 거였다.

처음엔 이게 무슨 소린가 싶어 어안이 벙벙했었다.

분명 유청이 녀석을 헤하려는 음모가 느껴지지 않았었는가.

그럼 자기를 몰래 따라오라고 해야지, 왜 자기가 떠난 다음에야 시간 차를 두고 무림맹을 나서는 무리들을 쫓아 달라고 한 건지 이해할 수가 없었던 탓이다.

그때 유청이가 말했다.

당양에서의 일을 기억하냐고.

무림맹 수뇌부들은 무림학관의 수련생들을 당양과 자귀로 이동하게 하여, 소운찬을 쫓던 자파 무인들의 행적을 지우지 않았는가.

이번에도 마찬가지로, 정체불명의 무인들이 등장했다며 갑자기 토벌대를 조직하자 하고 별 도움도 안 될 후기지수들로 선발대를 만들어 맹 밖으로 내보내는 게 영 수상쩍다고 했다.

그러니 자신은 선발대가 돼 먼저 맹을 나설 테니, 혹시나 나중에 맹에서 수상쩍은 움직임을 보이다 은밀히 밖으로 향하는 무림인들이 있다면 그들을 따라가 달라고 한 것이다.

정말 그런 일이 벌어진다면, 그들이야말로 유청 자신의 친구가 어디에 있는지 알려주는 끈이 돼줄 거라면서.

그럼 굳이 유청이가 위험을 자처할 필요 없이 자신들과 같이 남아 있다가 함께 움직이자 했더니만 그건 또 안 된단다.

홍개 일행에게 부탁을 한 건 만약을 대비한 거고, 자기는 자기 나름대로 친구를 찾아봐야 한다고 했다.

아무래도 선발대 선정 과정 자체도 미심쩍은 부분이 많으니, 유청 자신이 직접 뛰어들어 상황을 살펴보려는 듯.

홍개와 청운자는 굳이 그렇게까지 해야 할 필요가 있냐고 물었지만 유청이는 고집을 꺾지 않았다.

친구의 하나뿐인 목숨을 두고 이거 아니면 저거라는 듯이 모험을 할 수는 없지 않냐 하면서 말이다.

그래서 결국 언제나와 같이 홍개와 청운자가 진유청에게 졌다.

어려서부터 얄밉고 심술궂은 꼬맹이로 번번이 속을 뒤집어 놓는 녀석이었지만 한 번도 틀린 말을 한 적이 없고 항상 다른 사람을 먼저 위하는 선택을 했으니까.

"그래서…… 이제 와 뭘 어쩔 건데? 계속 고민만 하고 있을 거냐? 저기 놈들이 점점 더 멀어지고 있으니 이러다 자칫 잘못하면 놓쳐 버리겠다."

홍개가 주의를 줬다.

청운자와 목영이 멀찍이 시선을 주니 아니나 다를까, 맹을 빠져나간 한 무리의 무림인들이 벌써 자신들과 꽤나 거리를 벌이고 있었다.

"가지."

청운자가 먼저 다리에 힘을 주고 경공을 시전했다.

무당의 유려한 발놀림이 지면을 스치고 지나가며 앞을 향해 뻗어 나간다.

남은 두 사람도 지지 않으려는 듯 최대한으로 속도를 높이기 시작했다.

"근데 대체 초린대란 이름은 누가 지은 겁니까?"

처음 황궁을 나섰을 때의 깔끔한 모습은 어디로 갔는지, 개방 거지가 봐도 형님으로 모실 거 같은 초췌한 얼굴의 손정우가 나채환에게 물었다.

물론 손정우가 그렇듯 나채환도 멀쩡하진 않았다.

반쯤 찢어진 소맷자락과 여기저기 베인 상처. 그로 인해 묻어 있는 핏물.

안색이 찬 게 흠이라면 흠이랄까, 남자답게 잘생긴 얼굴과 그에 딱 어울리는 거친 분위기로 어디서든 눈에 띄던 나채환의 원래 모습은 찾아보기가 어려웠다.

나채환은 지금 자신이 무림학관에서 유청이와 가출해서 북경으로 갈 때와 비슷한 꼴을 하고 있지 않을까 생각했다.

"대장님! 무슨 생각을 그렇게 하십니까?"

손정우가 재차 묻자 그제야 나채환이 고개를 돌려 그를 바라봤다.

"뭐라 했지?"

"초린대란 어색한 이름을 누가 지었느냐 물었습니다. 풀에 달린 비늘이라니, 너무 괴상하지 않습니까."

그것도 황태자 직속 호위대이자 친목 단체의 이름으론 더더욱이나 말이다.

손정우가 그렇지 않냐하는 듯이 양 어깨를 으쓱거리자

나채환이 피식 웃으며 대답했다.

"그래서 그렇게 지은 거다. 그런 걸 좋아하니까."

"그러니까 누가 말입니까!"

설마 대장님께서 지으신 건 아니겠지요?

처음엔 그냥 좀 궁금한 정도였지만 몇 번이나 같은 말을 하다 보니 꼭 알아내야겠다는 사명감에 불탄다.

"이경찬. 그 녀석이 지었고 태자 전하께서 아주 마음에 들어 하셨지."

"풍류공자 이경찬이요?"

놀라서 되묻긴 했지만 딱히 답을 바라는 건 아니다.

견성 나채환의 입에 오르내릴 이경찬이 세상에 둘은 없을 테니까.

이경찬이라?

그는 황태자 전하의 극진한 총애를 받고, 견성 나채환이 스스럼없이 어울리는 유일한 친구이자 무엇보다 황궁 최고 미인인 서희 공주와 염문설이 나도는 주인공이었다.

손정우가 대충 떠올릴 것만 줄줄이 나열해도 이경찬이 얼마나 뛰어난 청년인지 단번에 알 수 있을 정도다.

한데…… 그런 청년이 취향 참 괴이타 싶다.

"많이 이상한가."

나채환은 한 번도 거기에 대해 생각해 본 적이 없어서 별다른 감흥을 느끼지 못했다.

"이상합니다. 암요, 이상하고 말고요. 그렇지 않습니까?"

손정우가 윤수일에게 동의를 구했다.

"……조금 그렇긴 하지만……."

윤수일이 난감해하며 대답을 꺼렸다.

풍류공자가 짓고 태자 전하께서 아주 마음에 들어 하셨다는 얘기를 듣고도 대놓고 지적을 하는 손정우의 정신 상태가 더 이상타 여기고 있지만 내색은 하지 않았다.

"어느 날 태자 전하의 궁에서 다함께 차를 마시고 있었는데, 경찬이가 갑자기 풀에 은빛 비늘이 달려 있으면 너른 들판에 핀 잡초들이 빛을 받아 반짝이는 투명한 바다가 될 터이니 얼마나 아름다울까 하고 얘기했다."

처음에 그 이야기가 어디서부터 시작됐는지는 잘 기억이 나지 않지만 말이다.

"상당히 감상적인 이야기네요."

하지만 머릿속에 그려지는 빛깔은 곱다. 무작정 괴이한 취향만은 아니었던 듯.

손정우의 맞장구에 고개를 끄덕인 나채환이 말을 이었다.

"한데 태자 전하께서 그 이야기를 들으시고는 한낱 풀일지라도 강한 비늘이 달려 있으면 아무나 함부로 망가트릴 수 없을 테니 당신의 세상 모든 것에 보이지 않는 비늘이 달려 있으면 좋겠다고 하셨다. 당신의 것이니까 당신의 손만 닿을 수 있도록."

황태자 주태민의 성격이 고스란히 드러나는 일화였다.

그리고 황태자가 왜 제 직속 호위대에 초린대란 이름을 붙였는지도 알 수 있게 했다.

"대장님께선 그 얘기를 듣고 어떤 생각을 하셨습니까?"

문득 궁금해졌는지 손정우가 물었다.

"나?"

"네. 대장님이요."

손정우가 호기심이 가득한 얼굴로 고개를 끄덕였다.

"흐음. 나는…… 비린내가 날 것 같군, 이라고 한 것 같다."

아아, 풀이 생선도 아니고 비늘 좀 달렸다고 비린내라니. 그러나 묘하게 설득력이 있는 얘기지 않은가.

"더 궁금한 게 있나?"

"전혀 없습니다."

"그럼 이제 검을 뽑아라. 또 손님이 왔다."

잠깐의 휴식이 끝이 난 것이다.

"더 버틸 수 있을까요?"

손정우가 쓴웃음을 짓는다.

죽은 이도 있고, 다친 이도 있다.

동료들 중 멀쩡히 서 있을 수 있는 이는 많지 않았다. 손정우 자신과 대장을 포함해서도 말이다.

아무렇지 않은 척하고 있지만 자신들은 이미 예전에 한계까지 치달아 있었다.

"곧 무림맹의 영역에 도착할 거다."

그러면 연이상단이라 해도 더는 쫓아올 수 없겠지.

저들이 아무리 강한 게 아니라 질리도록 끈질긴 추격으로 자신들을 궁지에 몰아넣었다 해도 말이다!

나채환이 주변을 경계하며 긴 눈매를 서늘하게 굳혔다.

곧이어 벌어진 전투는 치열하다기 보단 처참했다.

카아앙!

나채환의 검은 적에게 반격의 여지를 주지 않을 만큼 사납고, 포악스러웠다.

그는 굶주린 짐승처럼 검을 휘둘렀다.

그것은 피를 원함이라기보다, 허기진 배를 채울 온기를 빼앗기지 않기 위한 발악과 같았다.

"피해라!"

나채환이 손정우의 어깨를 찌르는 적을 막기 위해 검을 휘두르려 했지만 그랬다간 시간이 늦을 거 같았다.

결국 마음이 급해진 나채환이 손정우의 옆구리를 발로 차서 공격을 피하게 한 후, 재빠르게 몸을 회전하여 목표를 잃고 휘청거리는 적의 등을 가른다.

"으아아악!"

비명 소리가 쩌렁쩌렁 울려 퍼지며 쩍 벌어진 상처에서 뼈가 드러났다.

그러나 나채환은 눈살 한 번 찌푸리지 않았다. 그는 무심한 표정으로 쓰러져 있는 손정우에게 가서 일어나는 걸 도와준다.

"고맙다고 해야 합니까, 아니면 다음에 이런 일이 있을 땐 좀 살살 차달라고 부탁해야 하는 겁니까?"

걷어차인 옆구리가 필요 이상으로 심하게 쑤셨는지 쩔뚝거리면서도 흰소리를 한다.

"그냥 다음엔 스스로 피해보도록. 내가 옆에서 도와주지 않는다고 해서 죽을 정도로 약한 실력은 아닌 거 같으니."

그 말을 끝으로 나채환이 다시 전장으로 섞여 들어갔다.

그리고 잠시 후, 연이상단의 추격대 중 서 있는 이는 아무도 없었다.

"아, 진짜. 이제 저 사람들 좀 그만 봤으면 좋겠습니다. 죽이는 것도 싫고 쫓기기도 지치고."

하지만 계속된 추격과 공격으로 인해 자신들도 곧 무너질 지경이 되지 않았나.

누가 더 오래 버티나가 모든 일의 관건인 것이다.

연이상단이 만약 포기하지 않고 한 번 더 공격을 감행한다면…… 죽는 건 자신들이 되리라.

"괜찮은가?"

나채환이 대원들을 추슬렀다.

함께 궁을 나섰던 이들 중 또 한 명이 죽었다.

자신들이 죽인 사람의 숫자에 비하면 턱없이 적다고도 할 수 있겠지만, 적과 아군의 목숨 값이 어찌 일대일이 될 수 있을까.

초린대는 황태자 직속인 만큼, 황궁에서 웬만한 직위에 올라 있는 이들이 많았고 그들 대부분이 비슷한 나이대에서 손꼽히는 재질을 지닌 이들이었다.

나채환을 제외하면 가문 또한 출중해 앞날이 창창하단 말은 그들을 위해 존재하는 것처럼 말이다.

"혼자 올 걸 그랬다."

나채환이 쉿소리를 내며 혼잣말을 중얼거렸다.

"이제 와 그런 말씀하지 마십시오. 그건 먼저 간 동료들에게 오히려 실례가 되는 말입니다."

윤수일이 나채환의 어깨에 손을 올린다.

그런 두 사람에게 다가온 손정우가 조금의 거짓도 없단 얼굴로 입을 열었다.

"같이 와서 좋습니다, 적어도 전."

비록 이런 상황일지라도.

"……그럼 가지."

나채환이 두 사람에게 별다른 언급 없이 몸을 돌렸다.

무시한 것 같지만, 그게 아니란 걸 윤수일도 손정우도 느졌다.

다만 대장은 내색하지 않는 것뿐이라는 것을.

"아, 진짜 이제 그만 왔으면 좋겠다, 제발."

손정우가 간절히 바랐다.

그리고 그의 소망은 이루어졌다.

딱 절반만.

대신, 이루어지지 않은 나머지 반이 최악의 상황을 야기할 만큼 끔찍하다는 게 문제였다.

"……너희는 어디서 왔나."

나채환이 자신들의 앞을 가로막은 이들을 향해 물었다.

순순히 대답해 줄 거란 기대를 하는 건 아니지만, 속에서 뜨거운 게 치미니 토해내기라도 해야 하지 않겠나.

"그게 중요한가?"

"중요하다."

나채환 자신에게도, 태자 전하에게도.

겨우 몸을 이끌고 무림맹의 영역 안으로 들어서려는 순간, 자신들의 앞을 가로막고 나타난 이들.

한눈에 봐도 범상치 않은 무공을 지녔음이 느껴졌다.

방금까지 자신들을 추격해 오던 연이상단의 무사들과는 차원이 달랐던 것이다.

연이상단의 추격대가 멈춰서니, 새로운 늑대가 나타나

자신들을 향해 침을 흘리고 있는 형상이었다.

나채환이 동료들을 돌아봤다.

눈동자만큼은 아직도 생생하게 살아 있지만 지금까지 누적된 상처와 피로로 인해 몸 상태는 최악이었다.

아무래도 여기까지인 듯.

그렇다고 그냥 순순히 죽어줄 마음 따윈 눈곱만큼도 없지만.

유청이 녀석이 그렇게 자랑하던 이현 형님을 한 번도 뵙지 못하다니 아쉽다.

그리고, 이가장에 계신 아버지.

불러보진 못했지만 마음속으론 항상 담고 그리던 그 이름.

경찬이 네가 내 몫까지 잘해드리리라 믿는다.

나채환이 마음속으로 소중한 이들에게 작별 인사를 건넸다.

그렇게 간단하게 제 삶에 대한 정리를 끝낸 나채환이 고개를 들고 어깨를 폈다.

"어쩔 거냐? 저대로 죽게 놔둘 거냐?"

바위 뒤에서 눈만 슬쩍 내밀고 있던 홍개가 팔꿈치로 청운자를 툭 치며 물었다.

얼굴에 시커먼 복면을 뒤집어쓰고 무림맹을 빠져나온 놈

들을 쫓아 여기까지 왔더니…… 유청이 말대로 녀석의 친구로 보이는, 제법 수가 많은 청년들의 무리를 만나게 됐다.

대체 저 중 어느 놈이 나채환인 건데?

그렇다고 반갑게 인사를 건네며 통성명을 하기엔 상황이 너무 더럽지 않은가.

"죽게 놔둘 거면 뭐하러 여기까지 저 시커먼 놈들을 따라온 거냐?"

청운자가 퉁명스러운 말투로 핀잔을 줬다.

"그럼 이제 나서야 하지 않을까? 벌써 다른 데서 죽기 직전까지 두들겨 맞고 온 거 같은데, 칼부림 몇 번 하고 나면 구해줄 틈도 없이 죽어 나자빠져 있을 거 같다."

그만큼 나채환 일행의 상태는 좋지 않아 보였다.

"나서긴 나서야지. 그렇지만 무작정 나섰다간 우리도 다 같이 죽게 생기지 않았냐."

복면을 쓰고 무림맹을 빠져나온 놈들이 뿜어내는 기세는 하나같이 거대 문파의 장로급 수준이었다.

아니, 장로급 수준이고 말고 할 것도 없겠지.

저놈들이 바로 각 문파의 장로들일 테니까.

자신들도 처음에 멋모르고 쫓아가다가 기척이 들킬 뻔했던 적이 두어 번 있어서 그 뒤로는 기운을 죽인 채 최대한 멀리서 뒤따르며 여기까지 왔을 정도다.

"유청이 친구 놈 하나만 왔으면 그냥 난입해서 달랑 든 다음 도망치면 될 텐데 말이야."

유청이도 여기까진 생각하지 못한 모양이다.

제 친구 녀석이 다른 동료를 저만큼이나 데려왔을 거란 것과 그들을 맞이하기 위해 이번 음모를 꾸민 이가 과하게 신경을 많이 썼을 거라는 거.

"우리 셋이 한 놈씩 들고 달리면…… 그중 하나는 걸리지 않을까?"

유청이 친구란 녀석 얼굴을 모르니, 일단 아무나 데리고 가자는 뜻.

청운자가 홍개를 싸늘한 눈으로 바라본다.

"그랬다 그 셋 중 없으면?"

"없으면……."

절대 안 되지.

진유청이 거품 물고 뒤로 넘어가는 광경이 눈에 선했다.

완전히 기가 죽은 홍개가 할 말을 잃고 우물쭈물한다.

청운자가 그런 홍개에게 쐐기를 박았다.

"나야 무림맹 총회 때 안 가서 그렇다 쳐도. 너희 둘은 총회 때 학관에 가서 분명 유청이 친구를 만났다면서, 왜 얼굴을 기억 못하는 거냐?"

"시간이 얼마나 지났는데. 그때도 얼핏 봤을 뿐이고, 애들은 쑥쑥 자라니까 알아보기 힘든 게 당연하지."

변명거리는 얼마든지 있었다.

게다가 홍개 자신이나 목영이 나채환의 얼굴을 기억하고 있다 치더라도, 저 녀석들이 머리는 산발한 채 옷은 거지꼴을 하고 있으니 씻고 닦이기 전엔 어차피 구분 불가 상태다.

"됐다. 어차피 쓸 수도 없는 방법이었으니. 그렇게 했다간 우리가 데려가지 못한 녀석들은 그냥 다 저기서 죽으라는 건데, 그럴 수는 없잖느냐."

홍개가 그냥 해본 말이란 것도 알고, 청운자가 정말 그렇게 하자고 동의하면 오히려 정색을 할 것도 알지만 이런 상황에서 쓸데없는 말을 한 건 욕먹어 쌌다.

그러니 목영도 뒷짐을 진 채 홍개의 도와달란 시선을 외면하는 거겠지.

잠시 침묵하던 홍개가 거지 근성을 이용해 금세 빤빤하게 얼굴을 들이민다.

"저 녀석들, 끝까지 포기하지 않으려는 거 같은데 우리가 뒤에서 시커먼 놈들을 공격해서 가운데를 열어주는 게 어떨까?"

그러면 가운데 끼인 형상이 된 적들도 조금은 당황할 거고, 그 사이 자신들 중 한 명이 가운데를 열어 청년들이 도망칠 출구를 만들어주는 거다.

희생이 없지는 않겠지만, 그나마 피를 적게 볼 방법이었다.

"괜찮군."

이번 의견엔 청운자도 반박하지 않았다. 목영도 고개를 끄덕여 동의를 표한다.

"그럼 뒤로 돌아가서 덮치자."

세 장로가 바위 뒤에 숨기고 있던 몸을 꺼내 납작 엎드린 다음 기듯이 이동했다.

나채환이 검을 곧추세운 후, 앞을 향해 쏘아져 나가기 위해 발 하나를 뒤로 쭉 뺐다.

그가 동료들에게 눈짓을 보냈다.

일행과 맞은편에서 대치하고 있는 흑의 복면인들은 조금도 긴장하지 않은 채 여유를 부리며 그런 나채환 일행을 바라본다.

해볼 테면 해봐라.

그들의 전신에서 강한 기운과 더불어 오만함이 뿜어져 나왔다.

그러니 꼭 죽여야 할 놈들이기에 이만큼이나 되는 장로들이 몰려 나왔으면서도 개미 오줌 같은 아량을 베풀어 주는 거다.

"재수 없군."

나채환이 건조하게 입꼬리를 비틀어 올렸다.

다 죽어가는 자신들을 치려는 주제에 꼭 정정당당한 결투를 치르는 것마냥 거들먹거리는 게 역겨웠다.

나채환이 더 이상 저 꼴을 보느니 그냥 눈 딱 감고 칼질이나 하는 게 낫겠다 싶어 상체를 숙이며 하체에 무게를 싣는 순간!

"워어어어어!"

동물의 울부짖음 같은 외침과 함께 자신들과 마주 선 적들의 등 뒤로 강한 기운이 쇄도했다.

이건, 기회다!

나채환의 눈이 파랗게 번뜩였다.

빠각!

목영이 금나수를 이용해 자신에게 검을 휘두르는 적의 팔을 제 손으로 꼬아 휘감은 뒤 가차 없이 부러트렸다.

검을 쓰는 청운자는 그런 목영과 나란히 붙어 적들을 상대하고 있고, 타구봉을 사방으로 휘두르는 홍개는 적들을 좌우로 나눠 한가운데 길을 뚫기 위해 난전을 벌이고 있었다.

"너희는!"

복면인들이 기겁을 했다.

세 장로는 얼굴을 가리고 있지 않았던 데다 워낙 유명한 이들이었기에 모르는 이가 없었던 탓이다.

"너희가 왜 여기에 있는 거냐!"

퉤엣!

걸쭉하게 침을 뱉은 홍개가 사정없이 타구봉으로 적의 머리통을 내리찍었다.

"이게 어디서 얼굴을 알아보고도 반말 짓거리야!"

"너야말로 내가 누군지 알고!"

"억울하면 복면 까시던가!"

홍개의 걸쭉한 입담에 반박을 포기한 복면인이 이를 으득 갈며 대답 대신 검을 휘둘렀다.

홍개가 누구냐. 한마디 하면 백 마디로 되돌려 주는 진유청과 가장 가까이 붙어서 아옹다옹 한 지가 십 년은 족히 된 사람 아닌가.

처음엔 기습을 감행한 세 장로가 유리하게 전투를 이끌었지만 아무래도 수에서 워낙 차이가 났기에 갈수록 전세가 역전됐다.

나채환은 이대로 있다간 어차피 다 같이 죽는 방법밖에 없다 여겼기에 가운데서 길을 뚫고 있는 홍개를 돕기 위해 달려들었다.

채앵!

나채환의 검이 장로들 사이로 파고든다.

"나채환! 나채환이 누구냐?"

홍개가 외치자 나채환이 깜짝 놀라 고개를 든다.

하마터면 검끝이 흔들려 적에게 크게 반격을 당할 뻔했다.

"접니다만."

서로 맞은편에서 중앙을 뚫고 있는 중이었으니, 정면으로 얼굴이 보였다.

"역시, 너일 줄 알았다. 내가 치매도 아니고, 완전 잊은 건 아니었어!"

홍개가 반색을 했다.

"혹시?"

나채환도 얼핏 홍개의 얼굴이 머릿속에 떠오른다.

자신들을 죽이려고 달려드는 장로들을 사이에 두고 두 사람의 대화가 이어졌다.

"그래, 나다. 유청이가 널 구해오라고 난리를 쳐서 이 늙은 몸을 이끌고…… 어이쿠나!"

홍개가 급히 머리를 숙였다.

부웅!

바람 가르는 소리가 세차게 들리며 홍개가 아슬아슬하게 적의 공격을 피해냈다.

잘못했으면 대가리가 그대로 깨져 버렸으리.

"얘기는 나중에 하고 살 생각부터 하자! 너 잘못되면 이 늙은이는 유청이한테 치여서 살아도 산 게 아니게 될 거다!"

홍개가 타구봉을 휘두르며 외쳤다.

나채환은 반갑고도 그리운 이름이 귀에 파고든 그 순간부터, 바닥났던 힘이 다시 솟구치는 거 같았다.

자신을 잊지 않고, 게다가 자신을 도와주라며 사람을 보내다니.

"대장님이 그때 말씀하셨던 친구 분, 맞죠?"

손정우는 물론 초린대의 다른 이들도 함께 들었던 이야기의 주인공.

"맞다."

나채환의 대답에 일행의 얼굴이 환해졌다.

완전히 바닥으로 떨어져 더는 살 길이 없을 줄 알았는데, 아직도 살라고, 살아야 한다고 손짓해 주는 이가 있어 기뻤고.

그 손짓에 직접적인 힘을 실어 줄 강자가 셋이나 자신들의 편이라는 데 감사했다.

"좋습니다, 좋아요!"

까짓것. 살아봅시다!

초린대 대원들의 얼굴에 삶에 대한 희망이 깃들었다.

第八章

재회!

기절한 채 쓰러져 있는 탁경환을 질질 끌어 다른 놈들 옆
에 뉘인 진유청이 혀를 차며 말했다.

　"그러게 저 강한 거 알고 덤비시라고 했잖아요."

　만약 탁경환이 깨어 있는 상태였다면 화가 치밀어 올라
숨이 넘어갔을지도 모를 이야기를 서슴없이 한 진유청이 방
금까지 전투가 있었던 장소를 훑어 봤다.

　바닥의 흙은 여기저기 파여 있고, 주변의 나무들은 꺾이
거나 베어져 있다. 간혹 핏물이 고여 있는 곳도 있었는데.

　진유청이 나무기둥에 등을 기댄 채 하얗게 질린 안색으
로 앉아 있는 사도진을 힐끔거렸다.

　자신은 정말이지 피만큼은 보고 싶지 않았는데, 그래도

어쩌겠나.

사도진은 절대 물러서지 않으려 했으니.

녀석은 진유청의 무시무시한 기운을 온몸으로 맞받아치면서 계속 앞으로 전진해 왔다.

그 악귀처럼 일그러진 얼굴이라니!

단정한 얼굴에 항상 침착한 태도를 고수하던 그에게 그런 독기가 숨어 있을 거라곤 정말 생각도 못했다.

"죽지는 않겠지?"

옆구리에 길게 그어진 상처에서 흐르던 피가 엉겨 붙으며 더 이상 흐르지 않는 걸로 봐선 치료만 받으면 괜찮아질 듯.

그래도 혹시 모르니까.

진유청이 사도진 앞으로 가서 무릎을 접어 쭈그리고 앉았다.

그리고 녀석의 상처를 살펴보려 하는데.

"헉!"

갑자기 사도진이 두 눈을 번쩍 뜨더니만 옆에 내려놓고 있던 검의 손잡이를 향해 팔을 뻗는 게 아닌가!

"사도진, 너 정말!"

진유청이 그의 이름을 부르며, 재빠르게 그의 팔을 움켜쥐었다.

"으윽!"

사도진이 나직하게 신음을 흘렸다.

아마 저가 검을 잡기 위해 팔을 움직이면서 상처를 건드린 모양인데, 그 부분을 진유청이 잡아당기며 다시 자극한 듯.

미간을 희미하게 찌푸린 진유청이 그의 팔을 놔주었다.

거칠게 호흡을 뱉어낸 사도진의 이마에서 식은땀이 흘러내린다.

"난 진짜 니가 이해가 안 된다."

그런 사도진을 빤히 바라보다 진유청이 말을 이었다.

"남궁혁이라면 왜 그러는지 알겠어. 그 녀석과 나는 그러고도 남을 악연이지. 한데 너는 왜? 그렇게 목숨을 내놓고 내게 달려들어야 할 만한 명분이나, 이유가 정말 있기는 있는 거냐?"

사문에서 내려진 명령, 이란 건 일단 제쳐두고 말이다.

"……알 것 없다."

"내 일이고, 나와 관련된 건데 왜 알 게 없냐!"

유청이 갑갑한 듯 제 가슴을 손으로 쿵쿵 내려치며 언성을 높였다.

하나 사도진은 눈을 질끈 감은 채 고개를 돌려 녀석을 외면한다.

저렇게까지 나오는데 더 나눌 말이 뭐가 있을까.

분명 처음 봤을 땐 저런 녀석이 아니었다. 제 마음속의

신념을 외면한 결과가, 이렇게 답을 돌려주는 걸까?

"조금만 기다려라."

채환이를 만나러 가는데 사도진이나 다른 이들을 데리고 움직일 순 없지 않은가.

그리고 역시나 대답은 들려오지 않았다.

뭐, 기대도 안 했으니 됐다.

"채환이 녀석, 지금쯤 할아버지들을 만났을까?"

진유청이 심안을 개방해 흔적을 찾는다.

동쪽 방향에서 이전보다 선명한 기운이 느껴졌다.

그러니 그 근처로 가서 다시 찾아보면 뭔가 더 확실한 걸 알 수 있을 거 같았다.

"그럼 이따 보자."

주인 없는 허공을 향해 인사를 툭 던져 놓은 진유청이 불쾌한 장소를 서둘러 벗어났다.

최대한 속도를 내어 날듯이 달려온 진유청이 고개를 갸웃거렸다.

분명 이 근방 어디여야 하는데.

녀석이 눈을 지그시 감고 심안을 이용해 주변을 살핀다.

조금씩 넓혀지는 기의 그물망이 세상의 기운을 더듬고 만지며 잡히는 것에 대해 알려주었다.

그렇게 얼마나 그물을 확장시켰을까.

눈으로 직접 본 듯 선명하게 자신의 심안 속으로 훅 하고
뛰어드는 반가운 얼굴 하나!

"채환이다!"

진유청이 반색하며 외쳤다.

그가 나채환의 위치를 확인한 곳으로 몸을 날린다.

발끝이 지면을 가볍게 한 번씩 찍을 때마다, 바람이 등을
떠미는 것처럼 진유청의 몸이 앞으로 길게 밀려 나갔다.

그리고.

타다다닥!

진유청이 달려가던 길 맞은편에서 울려 퍼지는 요란한
발소리!

속도를 천천히 줄여가던 진유청이 이윽고 나타난 한 떼
의 무리를 보고 완전히 멈춰 섰다.

"채환아! 이게 얼마만이냐!"

자신을 향해 달려오는 나채환을 맞이하려 유청이 양팔을
좌우로 크게 벌렸다.

파닥파닥!

당장에라도 날아오를 새처럼.

"유청아, 달려!"

나채환은 그런 진유청과 얼싸안고 재회의 기쁨을 누리는
대신, 잽싸게 녀석의 목덜미를 낚아챈 뒤 녀석이 왔던 방향
을 되짚어 달리기 시작했다.

미, 민망해라!

그러나 갑자기 뒷목이 잡힌 채 달랑달랑 매달린 채 가고 있는 이 보기 흉한 모양새가 더 거슬렸다.

게다가…… 이놈 뭐야!

대체 뭘 먹었기에 이렇게 키가 컸어?

저보다 한 뼘은 더 커 뵈는 게 이현 형님과 비교해 봐도 쬐금 더 작은 것 같았다.

황태자 전하가 그렇게 잘해주나?

쌜쭉하니 눈가를 접은 진유청이 제 목을 놓으라는 듯이 나채환의 옆구리를 팔꿈치로 사정없이 찍어 올렸다.

간단한 의사 표현의 행위가 아니라 사감정이 반쯤은 담겨 있었기에 상당히 아팠을 듯.

"……죽을래?"

작게 신음을 흘리며 손을 거둔 나채환의 눈초리가 사나워졌지만 진유청은 조금도 겁먹지 않았다.

"안 죽을 거다, 왜!"

이 얄궂게 이죽거리는 얼굴, 보자마자 뒤통수를 후려치고 싶은 밉상.

나채환이 저도 모르게 녀석의 머리통을 향해 올라가는 손을 애써 다시 제자리에 내려놓았다.

"추격자들을 떨쳐내지 못했으니까, 일단 달려."

드물게 참을성을 발휘한 나채환의 말에 진유청이 다른

이들과 보폭을 맞춰 다릴 뻗는다.

"근데 너 꼴이 왜 그 모양이냐? 천하의 광견도 갈 때까지 다 갔나 보네."

나채환을 일별한 진유청이 피식 웃으며 말했다.

오랜만에 만나는 친구다 보니, 상황이 나빠 도망치고 있는 와중이라도 같이 있으니 반갑고 좋은 모양.

나채환의 눈에 이채가 서렸다.

최대한 빨리 달리는 중인데도 호흡 한 번 흐트러지지 않고 자연스레 말을 건네는 진유청 때문이다.

"너……."

"나, 뭐?"

진유청이 왜 그러냐는 듯이 되묻자 나채환이 아무것도 아니란 듯이 고갤 저었다.

급한 것도 아니니 나중에 이야기하면 될 일.

"유청아! 네 부탁 때문에 뼛골이 삭게 고생하다, 팔 한짝이 떨어져 나갈 뻔했던 나는 뵈지도 않는 게냐!"

"그럴 리가요. 제가 얼마나 감사하고 있는데요."

진유청이 홍개에게 진심을 담아 말한다.

세 할아버지 모두 고난을 크게 겪었는지 상태가 말이 아니었다.

자칫 잘못해서 할아버지들 중 한 분이 잘못되기라도 했다면?

그냥 생각만 한 것뿐인데도 눈앞이 캄캄해진다.

"죄송해요. 아버님과 형님께 솔직히 말하고 도와달라고 했어야 했는데. 괜히 할아버지들만 힘들게 했어요."

"아니다. 오랜만에 격하게 수련한 셈 치면 되지."

제 어깨에 난 상처를 본 후 진유청의 안색이 확 표가 나게 어두워지자 홍개가 손사래를 쳤다.

거지 할아버지의 주름진 눈가가 파들파들 떨리는 걸로 봐선, 무리해서 괜찮은 척하다 더 탈이 나신 듯.

"채환아, 너 여전히 태자 전하께 사랑받고 예쁨받는 좋은 신하지?"

진유청이 나채환에게 물었다.

"아니다."

"엥? 아, 아니라고?"

태자 전하께서 아끼는 수하의 목숨을 살려주느라 거지 할아버지가 이 고생을 했는데 가서 말이라도 한마디 잘해 놨다가 나중에 선물이라도 받아 오라고 하려 했더니만!

예상 외로 격한 반응에 나채환이 미간을 찌푸렸다.

"태자 전하께서 사랑하고 예뻐하는 좋은 신하는 경찬이고, 나는 볼 때마다 화내시고 신경질 내시고 그러다 마음대로 하라고 포기해 버리시는 그저 그런 신하다."

얘가 뭐래는 거니?

진유청이 입을 쩍 벌리는데 등 뒤에서 웃음소리가 들렸

다.

"마, 맞는 말씀 같기도 하네요."

견성 나채환이라면, 개 같은 성질을 가졌지만 별처럼 빛
나는 재질이 아까워 버리지도 못한다며 태자 전하께서 한탄
을 하셨다고 할 정도니.

그렇지만 말이 그런 거지, 태자 전하께서 견성을 얼마나
아끼시는지는 황궁에서 모르는 이가 없었으니. 손정우가 한
말은 그저 흥을 돋우는 농담을 덧보탠 것뿐이라 할 수 있었
다.

하지만 손정우의 성격을 모르고, 현재 황궁의 사정에 대
해 아는 게 없는 진유청에겐 심각하게 다가왔다.

"채환이 너, 황궁에서 구박받으면서 사는 거였어?"

진유청의 눈으로 본 용 새끼, 아니, 태자 전하라면……
정말 싫으면 내치거나 피를 말려 죽이지, 곁에 두고 괴롭히
고 한숨 푹푹 쉬면서도 거둬서 손 안에 둘 이는 절대 아니
었다.

그러니 설마 진짜로 그런 건 아니겠지, 라고 생각은 하고
있지만.

"구박까지는 아니고. 그래도 태자 전하께서 가끔 밥도
안 주시고 쫓아내실 때가 있다."

"그거 내가 겪어 봐서 알잖아. 엄청 서럽던데."

"그러시면서 경찬이는 엄청 챙겨주셔."

대신 들들 볶기도 엄청 하시지만.

뒷말은 굳이 할 필요가 없다 여겼는지 잘라 먹는다.

"채환아. 황궁에 있기 싫으면 언제라도 진가장으로 와. 내가 너 밥 굶기겠냐. 진가장에 할 일도 많고 놀 것도 많고, 굳이 있기 싫은데 있을 필요 없으니 언제라도 환영이다."

진유청의 말에 나채환이 웃는다.

아! 이 녀석, 이렇게 웃을 수도 있게 됐구나!

진유청은 북경에서의 생활이 채환이에게 안 좋은 것보다 좋은 걸 훨씬 많이 줬다는 걸 단번에 느꼈다.

속으로 흐뭇해하던 진유청이 문득 자신들이 왜 달리면서 인사를 주고받고 있는지에 대해 생각해 내게 됐다.

"맞다, 우리 도망치는 중이었지?"

진유청이 이제야 기억났다는 듯 중얼거린다.

"응. 그러니까 다들 이렇게 필사적으로 달리고 있잖아."

진유청의 말에 대답해 주느라 호흡이 흐트러지면서도 인상 한 번 찌푸리지 않고 다들 땀을 뻘뻘 흘리며 기운을 운용하고 있었던 거다.

너무 반가워 어쩔 줄 몰라 하는 유청의 기분을 맞춰주기 위해서. 자신들이 더 고맙고 좋아서 오히려 힘든 게 가시는 것 같았기에.

"저기 있다!"

어느새 바짝 따라붙은 장로들이 살기를 뿜으며 거리를 좁혔다.

중간에 운이 좋아 꽤 멀리 떨어 트려 놨었는데 유청이 합류하며 어수선해진 분위기 속에 속도가 느려져 결국 따라잡힌 모양.

"인의회 장로들이에요."

진유청의 말에 청운자가 이마에 주름을 잡았다.

"역시. 저들 사이에서 점창파의 장로인 가경학의 목소리를 들은 것 같았는데 내가 잘못들은 게 아니었구나."

"붙으면 우리가 깨져요?"

이대로 무림맹까지 갈 수 있는 게 아닌 이상, 계속 도망만 칠 수는 없지 않은가.

자신들이 없어진 걸 알게 되면 진 회주와 이현이가 동심회 식구들과 함께 맹 밖으로 찾으러 나올 테지만 그게 대체 언제쯤인지 알 수가 없으니.

"아까는 다행히도 운이 따라서 큰 피해 없이 빠져나올 수 있었지만, 다시 맞붙는 다면……."

목영이 부정적인 의미를 말 대신 고갤 젓는 걸로 대신했다.

"그렇다면 다들 조금만 더 힘내세요. 멈춰서기에 적당한 장소가 있으니, 거기까지만 죽을 힘 다해 뛰어가 봐요, 우리."

진유청이 일행에게 힘을 북돋워 줬다.

무작정 가는 게 아니라 나름대로의 계획이 있고, 마무리할 방법이 있다는 걸 알린 것이다.

"유청이가 와서 한시름 놨네."

홍개가 너스레를 떨며 긴장을 푼다.

초린대의 대원들 눈에도 진유청이 대단해 보이긴 했다.

만나자마자 분위기를 휘어잡고, 안 좋은 상황에서도 절망하기 보단 일행의 안전을 위해 바로 조치를 취하려 드는 모습이 좋았던 것이다.

하나 그렇다고 해서 등 뒤로 흉악한 적들이 쫓아오고 있다는 사실은 변함이 없는데, 어떻게 개방의 장로쯤 되는 이가 그의 말 몇 마디로 단번에 마음을 풀어 버릴 수 있는 건지는 이해가 되질 않았다.

"보면 안다."

수하들이 의아해하는 기색을 읽은 나채환이 짧게 말했다.

그래. 정말 보면 아는 거다.

"저, 저게 뭡니까?"

손정우가 눈을 감은 채 나란히 누워 있는 시체들을 검지로 가리키며 마른침을 삼켰다.

"아, 아까 전에 저랑 싸웠던 사람들이요."

진유청이 부드러운 어조로 대답했다.

나채환이 초린대의 대장이란 말을 듣고 나니, 왠지 초린대 대원들도 내 식구 같은 게…… 이거, 이거.

무진의 영향이 너무 큰 듯싶었다.

"아까 싸웠던 사람들이요?"

처음에 눈으로 봤을 땐 정말 죽은 사람들 같았는데 조금 더 살펴보니 가슴팍이 작게나마 오르내리고 생기가 느껴졌다.

시체가 아니었구나, 싶어 다행이라 여기고 있다가 진유청이 한 말을 되짚어 보는데 이상한 게 한둘이 아니었다.

근방의 지리에 대해 제 손바닥 보듯 잘 알고 있던 진유청 덕분에 샛길을 고르고, 들판에 숨고 그렇게 추격자들을 뿌리치며 달린 길은 들었던 것보다 꽤나 멀었다.

경공을 이용해 전력으로 달렸음에도 상당히 시간이 걸렸던 것이다.

한데 여기서 이렇게 큰 싸움을 하고, 자신들에게 달려왔다가 다시 이곳으로 왔다는 건가?

아무리 봐도 거짓말이라고밖에 할 수 없는 상황인지라 손정우가 낯빛을 굳혔다.

그가 대화를 꺼려 하며 자꾸 입을 다무니 고개를 갸웃거리던 진유청이 채환과 함께 다른 곳으로 걸어갔다.

"원래 무림인들은 허세 부리길 좋아해 그런 거니 마음에 담아 두지 마십시오. 누가 뭐래도 대장님의 소중한 친구 분이자, 장로님들을 보내 우리 목숨을 구해준 분 아닙니까."

사리 분별이 정확한 윤수일이 손정우에게 눈짓을 보내 표정을 고치게 한 뒤 다가와 나직하게 속삭였다.

"조심하겠습니다."

손정우도 금방 제 잘못을 시인하고 정정했다. 그가 고개를 좌우로 돌리며 진유청을 찾는다.

사과하기 위해서였다.

"그분은 어디 계십니까?"

"저기 대장님과 같이 계십니다."

진유청은 그들의 대장과 나란히 서서 기절한 이들을 내려다보고 있었는데.

"남궁혁이군."

나채환이 무심한 어조로 중얼거렸다.

아마 아는 사람을 본 모양이다.

그것도 황궁에 적을 둔 자신들도 모를 수 없는 남궁세가의 인물인 듯.

"같이 죽어 달라고 달려드는데, 무섭더라. 처음으로 이 녀석이 불쌍했다."

무림학관에서의 일을 아는 나채환으로선 진유청의 말이 단박에 이해가 갔지만 손정우는 또다시 저도 모르게 눈살을 찌푸린다.

"근데 유청이 너, 대체 무공이 얼마나 강해진 거냐?"

이 많은 숫자를 녀석 혼자 싸워 이겼다면 보통 실력이 아닐 터.

"그건 나도 궁금하구나. 유청이가 싸우는 걸 제대로 본 이가 아무도 없으니⋯⋯."

홍개가 눈을 빛내며 다가왔다.

지금까지 진유청이 강했던 건 무공의 덕을 봐서가 아니었다. 녀석의 깨끗한 마음과 뛰어난 머리, 그리고 선천적으로 가지고 있는 선기(善氣)!

이 모든 게 조화를 이뤄 가능했던 일.

가끔 누군가를 쥐어 팼다는 둥 알을 깨줬다는 둥 하는 통에 싸움을 못하진 않으리라 생각했지만 그게 어느 만큼인지는 짐작도 가지 않았다.

오늘 이 순간, 바로 여기서 쓰러져 누워 있는 탁경환을 보기 전까지는 말이다.

"아, 그 얘기했더냐? 유청이 네가 우화등선할 뻔했던 거 말이다. 혹시 그 덕분에 무공도 확 높아진 걸지도 모르지."

홍개가 제 자식 자랑하는 팔불출처럼 헤벌레 웃으며 나채환에게 그때의 이야기를 늘어놓는다.

물론 제 눈으로 본 건 아니니 들은 걸 충실하게, 게다가 좀 더 이거저거 덧붙여서 얘기하는 통에 듣는 이들의 표정이 묘하게 어색해졌다.

"거지 할아버지, 그걸 믿으라고 하는 얘긴 아니시죠?"

오죽 했으면 진유청이 눈가를 씰룩이며 손을 내저었을까.

게다가 그 사실은 동심회의 비밀인데, 진유청 자신의 친구란 사실만으로 덥석 믿고 아무렇지도 않게 얘길 해 버리시다니.

"무림인들의 이야긴 반에 반도 믿을 수 없을 거 같습니다."

손정우가 눈을 어디로 돌려야 할지 모르겠다는 듯 하는 말에 윤수일도 작게 고개를 끄덕이는 걸로 동의했다.

나채환만이 진유청에겐 그 모든 게 가능하다는 걸 믿고, 또 알기에 진지하게 경청했다.

"이제 슬슬 준비해야겠네요. 거의 따라붙었습니다."

누구라고 꼭 집어 얘기하진 않지만, 누구인지 모르는 이는 없었다.

추격을 뿌리치려는 건가 싶었더니, 여기서 일부러 저들을 기다리고 있었던 거였나?

"이제 어쩔 생각이냐?"

홍개가 물었다.

"싸워야지요."

진유청이 흔들리지 않는 곧은 눈동자로 홍개의 시선을 받아치며 대답했다.

"싸워? 저놈들하고?"

"네. 싸워서 이기면 편하게 맹으로 돌아갈 수 있습니다. 게다가 사도진은 상처가 커서 얼른 치료해야 합니다. 다른 사람을 불러 올 시간이 없어요."

홍개가 나무기둥에 등을 기댄 채 쓰러져 있는 사도진에게 시선을 줬다.

하얗게 질린 얼굴에 피를 제법 많이 쏟은 듯하니…… 자신들이 두고 도망치면 어떻게 될지 장담할 수 없었다.

물론 저들 중 사도진의 사부인 가경학이 있지만 그가 저가 맡은 임무를 버리고 제자부터 챙길지에 대해선 모르는 일 아닌가.

"그래. 싸우자. 그게 뭐 어렵다고."

홍개가 이를 드러내며 타구봉을 손에 들었다.

다른 이들도 분분히 제 무기를 챙겨 들고 빠르게 다가오는 강한 기운을 향해 집중했다.

"어라? 유청이 너 검을 들었구나."

검집에 든 검도 아니고 진짜 날이 선 진검이다.

"이제 똑같아져서요."

"무엇이?"

쉬이이익!

진유청의 검에 바람이 머물렀다.

"검집에 넣고 쓰는 거나 넣지 않고 쓰는 거나 차이가 없어졌거든요."

챙그랑!

일행 중 누군가가 무기를 바닥에 떨어트렸다.

적과 생사를 겨룰 때도 무기를 놓치는 일은 무인으로서 최악의 실수라 할 수 있지만.

이건 그럴 만도 했다.

다들 이해했다.

자신들도 손끝에 힘이 풀리며, 제 눈으로 본 걸 믿을 수 없었으니까.

"저기다! 저기 모여 있다!"

때마침 도착해 달려오는 적들이 왠지 불쌍하다는 생각이 들었다.

검 부딪치는 소리는 그리 오래 지속되지 않았다.

경악성과 두려움, 그리고 거듭되는 충격만이 되풀이됐을 뿐.

"말도 안 된다!"

"그 얘긴 너무 많이 들었는데. 좀 참신한 걸로 바꿔 주세요."

왜 자기들 눈으로 똑똑히 보고, 자기들 검으로 맞대도 보고, 아프게 맞아도 봤으면서 하나같이 하는 말이 똑같을까.

말이 되니까 나는 여기 이렇게 서 있고, 당신은 바닥에 쓰러져서 그런 날 올려다보고 있는 거 아니겠습니까?

진유청이 머릴 벅벅 긁었다.

인의회 소속 장로들은 어찌할 바를 몰라했다.

저 어린놈에게 한꺼번에 덤비면 이길 수 있을지도 모르지만 자신들이 합공을 하면 저들이라고 가만있겠나.

저쪽에도 동심회에서 손꼽히게 무공이 뛰어난 장로가 셋이나 있었으니.

"이대로 도망치는 건 어떻겠습니까?"

"승기를 잡은 저들이 우릴 순순히 보내줄 거 같습니까?"

가경학이 날선 목소리로 대답했다.

가경학은 이런 상황에서 자신에게 저런 쓸데없는 걸 말해 오는 화산 장로의 입을 쫙 찢어주고 싶었다.

저편에서 칼에 맞고 쓰러져 있는 제자는 생사를 알 수 없고, 눈앞의 어린놈은 검기와는 다른 전혀 새로운 힘을 제 것처럼 놀리며 자신들을 막아낸다.

당장 황궁에서 온 사자인 별진무 나채환과 초린대를 없애지 않으면 연이상단은 물론 인의회는 엄청난 타격을 받게될 텐데.

사면초가(四面楚歌)다.

머릿속에 떠오른 것 중 어떤 것도 해결할 방도가 없었다.

"계속하시겠습니까?"

진유청이 물었다.

"안 하면. 우릴 그냥 보내주기라도 하겠다는 거냐?"

가경학이 녀석을 떠본다.

화산파 장로에겐 핀잔을 주며 윽박지르기까지 했지만, 자신들의 정체까지 발각되면 앞서 떠올렸던 것들을 모두 합친 것만큼 문제가 더 커질 테니까.

다른 것들을 해결할 방도가 없다면 새로운 문제를 더 만들지는 말아야 하지 않겠나.

가경학과 장로들이 마른침을 삼키며 진유청의 처분을 기다렸다.

녀석은 그들을 물끄러미 바라보더니, 깊은 고민 없이 고개를 끄덕거렸다.

"점창의 가 장로님께서 원하신다면, 복면을 벗지 않으셔도 됩니다. 제자 분만 잘 챙겨 가십시오."

진유청의 입에서 저에 대한 정확한 출신과 이름이 흘러나오자 가경학은 심장이 툭, 하고 떨어져 버린 것처럼 놀랐다.

얼굴에 핏기가 싹 가시고 뒷목이 뻣뻣해진다.

복면을 쓰고 있지 않았다면 그가 곧 숨이라도 넘어가는 게 아닐까 생각했을 정도로 동요가 컸다.

"가 장로님만이 아니라, 다른 분들에 대해서도 알고 있습니다. 하나 더 이상 말하진 않겠습니다. 가실 분은 가셔도 좋습니다."

진유청의 말에 인의회 장로들이 술렁이더니 주춤주춤 뒷

걸음질 치는 이가 생겨난다.

진유청이 한 말 때문인지, 달아나는 이들을 잡으려 움직이는 일행은 없었다.

진짜로 자기들을 그냥 보내주는 것 같자 장로들이 썰물처럼 빠져나간다.

"가 장로님. 제자분을 두고 가실 작정이십니까?"

그중엔 가경학도 있었다.

검은 복면을 쓴 가경학은 주먹을 꽉 쥔 손을 부르르 떨면서도 뒤를 돌아보지 않았다.

마치, 자신은 절대로 점창의 가경학이 아니라는 것처럼.

"하아."

진유청의 입에서 한숨이 새어 나온다.

그는 저도 모르게 사도진이 있는 쪽으로 고개를 돌렸다가 기절해 있는 줄 알았던 그가 흐릿하게 눈을 뜨고 있는 모습을 발견하곤 입술을 지그시 깨물었다.

진유청이 근처에 있던 초린대 대원 중 한 명에게 사도진의 부축을 부탁했다.

자신이나 나채환이 나서면 사도진이 절대 받아들이지 않을 것 같았기에.

"자, 다들 한 명씩 맡으세요. 여기다 두고 갈 순 없잖아요."

자기를 죽이려 했던 놈들을 싸 짊어지고 가야 하다니. 뭔가 불공평했지만 어쩌겠나.

진유청은 쓰러져 있는 이들 중, 남궁혁을 어깨에 들쳐 멨다.

그냥 그러고 싶었다.

"그…… 같이 죽잔 소리가 그렇게 불쌍했냐?"

나채환이 다가와 묻자 진유청이 어깨를 으쓱거렸다.

별로 얘기하고 싶지 않아 하는 것 같으니 나채환도 더는 묻지 않고 쓰러져 있는 놈 중 하나를 골라 어깨에 메고 진유청과 나란히 걷는다.

"유청아…… 유청아…….."

홍개가 넋을 반쯤 놓고 있는 모습에 진유청이 콧잔등을 찡그린다.

"왜 사람을 눈앞에 두고 없는 사람 찾듯 그러세요?"

녀석의 눈꼬리가 슬쩍 치켜 올라간 걸로 봐선 심기가 편치 않은 듯.

"그, 그냥 한 번 불러봤다."

물어보고 싶은 게 산더미 같았지만, 굳이 지금 다 할 필요는 없겠지.

홍개가 냉큼 물러났다.

"그런데 유청아."

"도사 할아버지는 또 왜 부르시는 건데요?"

녀석이 고개를 휙 돌려 눈을 가늘게 뜨고 청운자를 직시했다.

"네가 부탁해서 우리가 이 고생을 하고도 이런 박대를 받았다는 걸 알면 이현이가 참 좋아하겠구나."

깨갱!

유청이 바로 꼬리를 말았다.

"으하하하하! 누, 누가 박대를 했다고 그러세요. 뭐든 물어보세요, 아무거나 숨김없이 모두 답해드립니다."

동심회 식구들이야 유청이가 어떤 아이인지 잘 아니 단 한 번도 그런 생각을 한 적이 없지만, 무림맹의 다른 이들은 하나같이 유청이에 대해 혀를 차며 말했다.

유청이가 언젠가는 이현이의 발목을 붙잡아 그를 부서트리고야 말 거라고.

너무 잘난 형 밑에 있는 아주 모자라는 동생이 천방지축 날뛰는 데도 불구하고 다들 오냐오냐 받아주기만 하니, 필시 그리될 거라고 뒤에서 수군댔다.

하지만 이제 누가 있어 그런 말을 입에 담을 수 있을까?

유청이가 이현이의 날개인 것처럼, 이현이도 유청이의 날개다.

동심회 식구들은 그 사실을 아주 오래전부터 알고 있었다.

이제 이현이의 날개가 이전과는 비교할 수 없을 만큼 커졌으니 녀석은 어디로 날아가려나.

"아무거나 물어보셔도 되요. 성심성의껏 대답해 드릴게요."

진유청이 청운자의 눈치를 살핀다.

안 그래도 크게 사고를 친 마당에 죄를 얹어서 더 혼날 생각은 추호도 없었으니.

"나는 그저 네가 이 근방 지리를 너무 잘 알기에 예전에 여기 와봤던 적이 있나 하고 궁금해서 물어보려 했던 것이다."

"아, 그게 궁금하셨던 거구나."

진유청이 멋쩍은 듯 검지로 볼을 긁적거리더니 대답했다.

"여기 와본 적이 있어 잘 아는 건 아니고요. 그냥 심안(心眼)으로 본 거예요."

"그렇군."

청운자는 궁금했던 게 풀렸다는 듯 고개를 끄덕인 후 홍개와 목영에게로 가지만 남아 있는 나채환과 초린대 대원들은 대체 어쩌란 것인가.

"이번엔 심안이라는데요."

손정우가 멍한 얼굴로 윤수일에게 말했다.

"저도 들었습니다. 하지만 무림인들은……."

허세가 강하고로 시작해야 할 말이 왠지 끝까지 나오지 않았다.

이미 한 번, 진짜를 경험했으니 어쩌겠나.

"너 그런 것도 할 줄 아냐?"

대원들의 마음을 헤아리기라도 한 건지 나채환이 불쑥 진유청에게 물었다.

"뭐, 별거 아냐. 마음의 눈이 열리면 보지 않아도 느끼게 되고 듣지 않아도 마음에 새겨져. 근데 아직은 멀리까지 되는 건 아니고, 그냥 내 능력 닿는 한도 안에서 조금만 보여."

진유청은 숨길 것도 없다 싶었는지 자세히 설명해 주었다.

시종 진지하게 경청한 나채환이 감탄했다.

"멋지구나."

"다른 능력들보단 이래저래 쓸모가 많은 거 같긴 해."

"다른 능력도 있어?"

"동심회 식구들 앞에서 보여줬는데 다들 미친 듯이 비웃어서 남 앞에선 잘 안 하는 게 몇 개 있지. 그, 왜, 아까 홍개 할아버지가 얘기하시는 거 들었잖아. 우화등선 후유증이라고. 그래서 생긴 건가 봐."

진유청과 나채환이 나란히 걸음을 옮기며 대화를 이어간다.

"저 지금 꿈꾸고 있는 건 아닙니까?"

손정우가 윤수일의 뺨을 두 손으로 잡고 비틀었다.

"아닌 게 확실하니 손 떼십시오."

윤수일은 조용하고 침착한 성격대로, 바로 화를 내기 보다는 손정우를 진정시키는데 중점을 둔다.

그의 확답을 듣고 난 후에야 손정우가 손을 거뒀다.

"이러다 뒤처지겠습니다."

윤수일이 동료들을 재촉해 나채환과 진유청의 뒤를 부지런히 쫓아갔다.

손정우 자신은 몇 번이나 머릿속에서 별을 세며 깜짝깜짝 놀라길 반복했는데 아무렇지도 않아 보이는 윤수일이 대단해 보였다.

보기에도 심력이 곧고 강해 보이더니 실제론 더한 듯.

하지만 그가 걸음을 옮기다 비틀거리는 게 눈에 들어왔다.

미끄러진 건가, 아니면?

윤수일이 얼른 자세를 바로잡더니 다시 걸음을 옮기다 휘청거렸다.

아무래도 다리에 힘이 풀린 모양이다.

"재밌는 사람이네."

손정우가 그를 부축해 주기 위해 잰걸음으로 다가갔다.

第九章

한밤의 연무장에서!

"하루라도 사고를 안 치면 안 되는 게냐, 아들아?"

진호철이 진유청을 맞이하며 한 첫 말이다.

그리고 그 다음 순서는.

따악!

"아버지도 참! 제가 나이가 몇 살인데 아직도 이렇게 틈 날 때마다 쥐어박으시는 거예요!"

"그러게 말이다. 네가 나이가 몇 살인데 아직도 이렇게 쥐어박힐 짓만 하고 다닐까."

진호철이 눈을 세모꼴로 하고 아들을 째려봤다.

아버지의 눈빛이 무시무시하자 진유청이 슬쩍 눈동자를 내리깔며 비스듬히 고개를 숙였다.

진호철은 여기서 끝낼 마음이 없었지만 아들이 데려온 손님들이 있는 자리였던지라 일단 마무리를 지었다.

"나머지는 이따 얘기하도록 하고. 함께 오신 손님들을 소개시켜 줘야 하지 않겠느냐?"

"네. 여기 있는 녀석은 학관에서 만나서 같이 가출했던 채환이요. 일전에 이가장에서 본 적 있으시잖아요, 그 녀석이에요."

"오랜만에 뵙습니다."

나채환이 진호철을 향해 머리를 숙여 보였다.

"그래, 잘 지냈느냐. 눈빛이 더욱 좋아졌구나."

예의상 하는 말이 아니다.

어린아이가 어찌나 건조한 표정을 하고 있는지 보는 내 내 마음이 안 좋았었다.

그런 아이가 형부상서 어르신을 아비처럼 따르며 잘 지낸다고 하여 다행이다 싶었는데, 이렇게 잘 자란 모습을 보니 절로 흐뭇해졌다.

진호철의 마음이 전해졌는지 나채환의 입가에도 작은 미소가 그려진다.

"그렇게 봐주시니 감사합니다. 그리고 이번에 유청이가 저지른 일들은 모두 저로 인해서이니……."

"알고 있으니 걱정하지 말 거라. 그 일로 혼을 내려는 게 아니라 나와 제 형을 따돌리고 혼자서 일을 처리한 것 때문에 그러는 게니."

진호철이 부드러운 어조로 나채환의 걱정을 덜어주었다.

"자, 여기 이 녀석은 누군지 알겠지?"

누그러진 분위기가 다시 어색해지기 전, 진호철이 나채환에게 진이현을 소개했다.

"아, 유청이 형님 되는 분이시지요?"

것 봐라. 역시 채환이 너도 단박에 맞추는구나.

진호철이 자신의 애물단지 막내아들을 은근히 흘겨봤다.

어째 제 아비는 안중에도 없고 입만 열면 제 형에 대해 말한 모양이다.

"별진무의 직책을 맡고 있는 관의 분이라 들었습니다. 진이현이라 합니다."

"관에 속해 있다 해도, 무림학관에 머물렀던 적도 있고 유청이와는 친구 사이이니, 편히 불러주십시오."

나채환이 녀석답지 않게 조금 긴장하여 진이현과 인사를 나눴다.

"오오. 태자 전하 앞에서도 꼿꼿하던 녀석이 웬일이래?"

"유청이, 네 형님이신데 당연한 거 아니냐."

진유청이 농을 던져 보지만 괴롭히는 맛도 없고, 받아치는 맛도 없는 게 영 밍밍했다.

"그래, 그래. 내 형님이시니 앞으로도 잘 모셔라. 태자 전하 밑에서 호의호식할 때 꼭 우리 진가장도 잊지 말고 챙기고."

잘 자란 물고기들과 강아지들은 그냥 보기만 해도 배가 불렀으니. 진유청의 기분도 좋아진다.

"흐음. 그런데 오늘은 왜 이렇게 날이 더울꼬?"

갑자기 개방의 방주인 상개가 자리에서 일어나더니 창가로 향했다.

딱히 더울 때도 아니었고 더운 날씨도 아니었기에 모여 있던 이들이 의아해했다.

"원래 인기가 많으면 그런 법이에요."

진유청만이 대충 그의 말뜻을 알아듣고 입맛을 다신다.

자신도 여러 번 경험해 보지 않았던가.

너무 열렬해서 뜨겁다 못해 다 타서 재가 될 것 같은 시선들을 말이다.

상개가 창문을 벌컥 열어젖히자 공기가 고요하게 가라앉으며 창문 밖으로 보이는 풍경들이 일순 멈춘 듯 정지했다.

"밤이라 그런 건가 새도 울지 않는군."

삐이익!

상개의 말이 끝나기가 무섭게 새 울음소리가 길게 울려 퍼진다.

"와아. 재미있는데요?"

진유청이 눈을 빛내더니 상개 옆으로 다가와서 들으라는 듯이 큰소리로 말했다.

"이쯤엔 새끼 고양이가 벽을 타고 돌아다니는데 오늘은 안 온 건가?"

냐아! 냐아!

"풉!"

가냘픈 고양이 울음소리에 진유청이 격하게 어깨를 떨며 겨우 웃음을 참았다.

"이번엔 강아지로…… 아. 가 버렸네."

진유청이 아쉽다는 듯 입맛을 다신다.

"또 오겠지. 아니면 다른 사람들과 놀아 주려무나."

"아녜요. 한 번 재밌었으면 되지요, 뭐."

새가 운다고 새소리 내고 고양이가 돌아다닌다고 했다고 고양이 울음소리를 내는 첩자가 그리 많지는 않을 테고, 같은 실수를 두 번 할 리도 없을 테니.

"오늘 유독 감시가 심하군요. 아무래도 별진무가 온 일로 그러나 봅니다."

"형님, 그냥 편하게 불러주세요. 채환이 쟤가 저런 애가 아닌데도 형님이 자꾸 그러시니까 안절부절못하잖아요."

그런 거 치곤 나채환의 얼굴엔 별다른 감정이 드러나 있지 않았지만, 진이현은 동생의 말이 사실이란 걸 알았다.

지금이야 많이 나아졌지만 예전엔 동생의 친구라는 이 녀석보다 더 감정 표현이 서투르고 어색했던 이가 바로 자신이었으니까.

"그럼 편히 대하겠다."

"감사합니다."

나채환의 굳어 있던 입매가 누그러지며 희미하게 웃음기가 맴돌았다.

진이현은 유청의 친구들 사이에선 가장 동경받는 이였다.

유청의 얘기를 듣고, 실제의 그가 어떤 이인지 궁금해하며 그런 사람이 세상에 있을까 생각하며 자라온 것이다.

"태자 전하가 아시면 너랑 우리 형님을 잡아먹으려고 하실 거다."

제 앞에서도 할 말 다 하고, 괴롭히고 약 올려도 꼼짝도 안 하는 견성이 다른 놈 앞에서 저리 쭈뼛거리며 난감한 표정을 짓는다는 걸 알면 말이다.

"아. 그리고 이거……."

채환이 이제야 생각 났다는 듯이 품속 깊숙이 넣어놨던 서찰을 조심스레 꺼내 진호철에게 내밀었다.

"형부상서 어르신께서 보내신 것이냐?"

"네. 지금 근신을 당하시어 이가장에서 꼼짝도 못하고 계십니다."

이청강에 대한 이야기가 나오자 채환의 얼굴에 살기가 감돌았다.

그는 앞으로 남은 인생 동안 연이상단을 용서하지 않을 거라고 다짐하고 또 다짐했던 것이다.

진호철이 서찰을 꺼내어 읽어내려 갔다.

"이런……."

서찰에 적힌 내용을 읽던 진호철의 잇새에서 한숨과 같은 신음이 흘러나왔다.

이윽고 서찰을 모두 읽은 진호철이 나채환에게 물었다.

"황제 폐하께서 연이상단이 반역을 도모했단 것에 증거를 찾아오는 데에 기한을 주시진 않으셨느냐?"

"그런 말씀은 없으셨습니다. 그저 그런 게 있으면 어디 찾아와 보라고만……."

"황제 폐하께서 연이상단주를 총애하는 마음이 그토록 깊다면 확실한 증거를 가져가지 않는 이상 믿어 주시지 않을지도 모르겠구나."

"그럴 겁니다."

황제로서 절대 용납할 수 없는 반역이란 굴레도, 연이상단주에게라면 비켜가게 해주실지도 몰랐다.

"그럼 일단 이 얘기는 잠시 뒤로 묻어 두도록 하고. 초린대가 연이상단의 무사로 추정되는 이들에게 공격당했던 일과 너희가 데려온 이들의 처리. 그리고 무엇보다……."

진호철이 잠시 머뭇거렸다.

인의회의 장로들이 초린대를 덮친 것은 반역죄에 해당할 수 있다.

게다가 그런 인의회를 쫓은 게 자신의 막내 유청이라니.

"오랜만에 만났으니 할 얘기가 많을 것 같구나. 나가서 이야기라도 나누고 있으렴."

이현이 유청의 머리를 쓰다듬으며 말했다.

유청이가 곤란해할 게 분명한 자리이다 보니 피하게 해주려는 거다.

"형님께서 믿어주고 혼자 가게 해주셨는데, 또 사고 쳐서 죄송해요."

유청이 몇 번이나 하려다 못했던 얘기를 결국 했다.

진이현은 서늘한 눈매를 따스하게 휘며 고갤 저었다.

그리고 동생과 채환의 등을 방문 쪽으로 밀어준다.

"궁금한 게 있으면 내게 묻게나. 내가 이번 일은 처음부터 끝까지 다 똑똑히 보고 확인한 참이니."

홍개도 나서서 이목을 자신에게로 집중시켰다.

그가 밖으로 나가기 전 자기를 돌아본 진유청을 향해 한쪽 눈을 찡긋거려 보인다.

유청은 입가를 씰룩이는 걸로 괴이한 인사에 괴이하게 답해준 뒤 채환과 함께 상방 오호를 나갔다.

"다들 좋은 분들이시구나."

채환이의 말에 진유청이 고개를 끄덕인다.

둘이 그렇게 나란히 복도를 걸어가다가 진유청이 상방 오호를 돌아봤다.

"그러고 보니 저분들은 강 교두님네 정원도 있고, 학관

내 회의장도 있고 한데…… 꼭 저기서 저러고 계시냐? 원래 주인인 오현이가 쫓겨난 꼴이 됐잖아."

누가 시키지도 않았는데 그놈의 성실하고 바른 성격상 귀한 분들이 자주 오시는 데 지저분하면 안 된다며 매일 쓸고 닦고를 반복하는 오현이한테 미안하지도 않나?

"저기, 한수와 오현이구나."

"생각하기 무섭게 나타나네."

나채환이 검지로 가리킨 쪽을 바라보며 답한 진유청이 빨리 오라고 녀석들에게 손짓했다.

오랜만에 회포를 푼 네 사람은 나선 김에 나채환이 대장으로 있다는 초린대 대원들도 만나보고 인사를 나눴다.

"나도 한땐 대장이었지."

진유청이 잘난 척을 하며 턱 끝을 치켜들자 손정우가 감탄했다.

"관직에도 나오셨던 겁니까?"

이제 그는 진유청의 말이라면 어떤 황당무계한 것도 그러려니 하고 넘길 마음의 준비를 끝낸 참이었으니.

인간 세상에서도 통용되는 직책인 대장쯤이야 뭐 그리 대단하다고.

하지만.

"엥? 아닌데요?"

"방금 대장직을 맡으셨었다고……."

"아, 하남성에서요. 제가 어렸을 적부터 좀 유명했었거든요. 동네 애들이 저만 보면 좋다고 얼마나 쫓아다니고 귀찮게 했는지 몰라요. 대장, 대장 그러면서요."

"……그, 그러셨습니까."

손정우가 웃는지 찡그리는지 모를 표정으로 어색하게 입꼬리를 말아 올렸다.

"그렇게 작고 올망졸망했던 녀석들이 이제 다 커서 제 밥벌이를 하니 어찌나 기분이 좋은지. 채환이 너도 이렇게 잘 자라서 내가 얼마나 뿌듯한지 아냐?"

"누가 들으면 니가 날 키웠는지 알겠다."

"직접적으로 키운 건 아니지만, 우리 개 두 마리가 잘 자라길 열심히 바라긴 했지."

"개 두 마리요?"

잠시 난감한 상황에 빠지긴 했지만 금세 회복한 손정우는 궁금한 건 잘못 참는 성격이었다.

"네. 채환이가 말 안 해요? 학관에 유명한 개 세 마리가 있었는데 그중 첫 번째가 광견 나채환, 바로 이 녀석이었지요."

"대장님은 그때도 개 같으셨나 보네…… 헉!"

저가 무슨 말을 하고 있는지 깨달은 손정우가 화들짝 놀라 두 손으로 제 입을 막았다.

"하하하하! 이분, 참 재밌는 분이셨네. 에이, 채환이는 그런 걸로 화 안 내니까 그렇게 식은땀 흘리지 마세요. 안 그러냐, 채환아?"

진유청이 손사래를 치더니 나채환에게 확인까지 해줬다.

"신경 안 쓴다."

채환이 확답을 해준 뒤에야 손정우가 제 입을 가리고 있던 손을 내려놓았다.

"두 마리라고 하셨는데 그럼 다른 한 마리는 누굽니까?"

"얘요."

진유청이 정한수의 어깨 위에 제 팔을 걸치며 대답했다.

"이분이요?"

영준한 얼굴에 눈빛이 맑고 풍기는 기운 또한 깨끗하기 이를 데 없지 않은가.

"지금이야 괜찮았지만 그땐 웃으면서 쌍욕을 퍼부어대는데 아주 가관이었습니다. 오죽했으면 소견 정한수라고 하면 자던 놈들도 벌떡 일어났을까요."

아주 오랜만에 듣고, 오랜만에 불러보는 이름이다.

"그러고 보면 중방의 사견은 어디로 갔을까? 갑자기 행방불명돼서 학관에 난리가 났었는데."

권오현의 말에 진유청이 대답했다.

"사견? 무림맹 나가기 전에 하노 할아버지한테 데려다주고, 이것도 인연인데 데려다 키우던지 말든지 하라고 하고 왔는데."

"뭐어?"

권오현의 경악한 얼굴로 진유청을 뚫어져라 바라본다.

그런 중요한 걸 이제 와 지나가는 강아지를 남 줬다는 듯 무사평온한 얼굴로 애기할 수 있는 건지.

"왜? 설마 하노가 강제로 납치하진 않았을 거고 저도 가겠다고 했으니 하노랑 같이 사라졌겠지."

진유청은 저가 잘못한 건 없다는 듯이 당당했다.

말이야 바른 말이지, 솔직히 자신이 잘못한 게 뭐가 있나?

토사물 뒤집어써, 비명횡사할까 봐 질질 끌어다 하노네 집 마당까지 데려가 눕혀줘.

"독비쾌검 알지?"

"응. 당연히 알지. 우리 자경이 형이 쾌검을 쓰시잖아. 자경이 형 사부님이랑 그 사람이랑 둘이 쾌검계의 쌍두마차라고 하던데?"

그런고로 전생과 현생에서 그 둘을 사부로 맞은 자경이 형은 정말 쾌검의 사랑을 받는 사람이라 할 수 있을 거다.

"사견이 사라지고 나서, 독비쾌검이 학관에 찾아와서 한바탕 난리를 친 적이 있었는데. 그 일 때문에 둘이 무슨 연관이 있다고 소문이 돌고 그랬었어."

"그, 그래?"

전혀 몰랐던 사실이다.

혹시 나중에라도 독비쾌검이 찾아와서 복수를 하겠다고 하면 꼭 강수 아저씨나 자경이 형 등 뒤에 숨어야겠다.

잠시 잊고 있었던 사실이 그제야 떠오른다.

과거 삶에서 자신이 학관에 수련생으로 있을 때 자경이 형이 사부인 독비쾌검과 함께 무림맹 총회에 참석했다가 학관에 들렀었던 것 말이다.

그게 다 그래서였구나.

게다가 하노가 보고를 털지 않고 조용히 사라진 게 사견 때문이라면, 그런 사견을 그에게 데려다 준 자신과의 인과가 어느 정도 작용을 했다는 뜻 아닌가.

참으로 묘하게 얽히고 진하게 이어지는 게 인연인 듯싶었다.

"하아. 하노 보고 싶네. 혹시나 싶어서 내가 소림에 외상 빚도 만들어 놨는데."

"소림에 외상 빚을 만들다니?"

가만히 듣고 있던 채환이도 궁금해 할 만한 이야기인가 보다.

"예전에 내가 방장님께서 아주 소중히 여기던 걸 되찾는 데 작은 도움을 드린 적이 있거든. 그래서 방장님이 착하다고 선물을 주신다기에 갑자기 하노 생각이 나서……."

"거기서 하노 생각이 왜 나?"

오현이 되묻자 대답할 말이 없었다.

방장님이 소림사 정문을 활짝 열어 놓고 반겨주시겠다고 하기에 그러다 도둑 들면 어떻게 하냐고 하다가 하오문 출신의 도둑인 하노가 생각났다고 말할 순 없잖아?

"어엉. 혹시나 하노가 사견을 데려갔을까 싶어서. 사견이 워낙 비리비리했잖아. 몸 약한 데는 소림사 소환단이 즉효라고 하니까 혹시 필요할 때 쓸 수 있게 해주려고 말해둔 거지."

"와아!"

권오현이 감탄했다.

심술 많고 장난 심한 진유청이지만 저렇게 속이 깊을 때가 종종 있어서 사람을 놀라게 했다.

다시 분위기가 화기애애해지고 네 사람의 이야기는 끝없이 추억을 뒤지고 각자의 새로운 삶을 보여주며 이어진다.

"정말 좋다, 다 모이니까."

셋만 있을 땐 크게 느껴지지 않았는데 채환이까지 와서 넷이 모두 채워지니 느낌이 전혀 달랐다.

"오현이 니가 있어서 그래. 상방 오호도, 학관도 네가 지키고 있으니까 낯설지가 않네. 우리 막 떠났던 그때처럼 생생해."

진유청의 말에 권오현이 활짝 웃었다.

"저 사람이 그 사람인가 봅니다. 권오현이라네요."

진유청이 목을 쭉 빼고 소리가 들려온 쪽을 바라보니 손정우가 침착해 보이는 눈매를 지닌 사내와 이야기를 나누고 있었다.

"한 번 보고 싶었는데. 저 사람이었군요."

인상만큼이나 목소리도 차분하고 조용하다.

"우리 오현이가 언제부터 태자 전하 직속 호위대인 초린대에서도 알아줄 만큼 유명해진 거야?"

진유청의 말에 나채환의 눈가가 움찔거렸다.

오오라.

감을 딱 잡은 진유청이 음흉한 눈빛으로 나채환을 바라봤다.

너 나한테 빚 하나 진 거다?

단박에 읽어낸 나채환이 고개를 끄덕였다.

계약 성립!

"초린대 분들도 쉬셔야 할 테니, 우린 이만 나가자. 우리끼리만 얘기하니 재미도 없으실 거야."

진유청이 초린대에게 인사를 남긴 뒤 친구들을 몰고 밖으로 나갔다.

넷이서 학관을 휩쓸고 다니니 마치 어린 시절로 돌아간 거 같은 기분에 들떠 많이 웃고 그만큼 주먹다짐을 하다 보니 어느새 시간이 훌쩍 지나 있었다.

친구들은 자러 가고 진유청은 혼자 학관 내의 연무장으로 걸음을 옮겼다.

잠시 생각할 게 있단 말에 녀석을 잡는 이가 없는 건 오늘 하루 그에게 참 많은 일이 있었다는 게 느껴진 듯.

달빛이 은은히 내려앉는 연무장에 홀로 선 진유청이 검을 뽑아 들었다.

쉬이익!

기운을 불어넣으니 바람이 살랑거리며 검신을 타고 흐른다.

어렵지도 않고, 크게 힘이 들어가지도 않았다.

자연의 기운을 자신의 것으로 빌려 사용하는 것이었으니까.

"불귀곡 비급에 붙어 있는 검법을 형에게 전해줘야 한다고 끙끙 대며 외울 때가 제일 치열하게 수련했던 때인 거 같네."

그때 외웠던 불귀곡 비급의 구결과 검법이 지금의 진유청을 만들었다.

별의별 욕을 다 퍼붓긴 했어도 그놈의 비급이 대단하긴 대단한 모양.

"무공 따위 배울 마음도 없고 재능도 없다 여겨 신경 쓴 적도 없었는데."

그리고 없이 살아도 딱히 불편함을 느끼지 못했다.

물론 무공 대신 다른 잡기들은 좀 유용하게 사용했지만 말이다.

슈아악!

진유청이 검을 사선으로 비스듬히 내리그었다.

검에서 피어오르는 기운이 바람의 꼬리처럼 살랑이다 불 꽃처럼 타오른다.

진유청은 자신이 아는 모든 검법을 다 휘둘러 봤지만 어 차피 몇 개 없는 까닭에 그리 오랜 시간이 걸리진 않았다.

하지만 얼마나 집중해서 움직였는지 체질이 변화한 후론 땀을 흘리거나 호흡이 흐트러진 적이 없던 그가 녹초가 돼 털썩 바닥에 주저앉았다.

손등으로 이마를 닦으니 땀이 흥건하게 배어 나온다.

"헉, 헉!"

요즘 몸을 잘 안 움직이긴 했나 보군.

"훌륭하구나."

갑자기 등 뒤에서 튀어나온 목소리에도 진유청은 놀라지 않았다.

그저 고개를 완전히 뒤로 젖혀 자신의 뒤편에서 다가온 이의 얼굴을 올려다볼 뿐.

"형님, 이 시간에 여기 웬일이세요?"

"한수가 유청이 네가 여기 있을 거라고 알려주더구나."

"아아. 그랬구나."

진유청이 앉은 자세에서 상체를 비스듬히 뒤로 눕히며, 두 팔로 바닥을 짚었다.

"오늘 무슨 일이 있었느냐?"

"거지 할아버지한테 다 듣지 않으셨어요?"

"들었지. 하지만 일어났던 사건들 말고 네 마음속에 어떤 변화가 생겨났나 해서 묻는 게다."

진이현은 재촉하지 않고 동생의 까만 눈동자를 바라보며 조용히 기다렸다.

아마 진유청이 그런 거 없다고 하면 두 번 묻지 않을 사람이다.

잠시 침묵하던 진유청이 천천히 입을 열었다.

"오늘 처음으로, 강해지는 거야말로 상처를 덜 줄 수 있는 방법이란 걸 알게 됐어요."

"그랬구나."

그 말을 끝으로 둘 사이가 조용해진다.

잠시 후 진유청이 나직한 어조로 이현을 불렀다.

"형님."

"말하여라. 듣고 있다."

"힘이 없을 때도 잘 먹고 잘살고 하고 싶은 거 다 했는데요. 힘이 생겼으니 앞으로 더 잘 먹고 더 잘살고 더하고 싶은 거 다 할 수 있게 되는 건가요?"

동생의 말에 진이현의 입가에 흐릿한 미소가 감돌았다.

"그렇지는 않을 게다. 나는 내 동생이 그렇게 욕심꾸러기라고는 생각이 들지 않는구나."

"제가 얼마나 욕심이 많은데 그러세요!"

"무공을 탐내지도 않고 돈을 좋아하지도 않고, 그렇다고 간식 몇 가지 즐기는 거 외엔 식탐도 없으니, 내 동생이 욕심을 내는 게 뭔지 사실 나도 궁금하구나. 가르쳐 주겠느냐?"

"음⋯⋯."

진유청이 눈을 가늘게 뜨고 고민에 잠겼다.

자신이 하고 싶어 하는 거. 자신이 다시 태어나서 가장 열심히 노력하고 죽어라 하려고 하는 거.

"저는⋯⋯ 사람이 좋아요. 저를 좋아해 주는 사람이 좋고, 제가 좋아하는 사람이 좋아요. 좋아하는 사람을 위해 뭔가 하는 게 좋고, 그만큼 받는 게 좋아요."

"그런 욕심이라면 얼마든지 부려도 괜찮다. 그건 탐욕(貪慾)이 아니라, 정(情)이니까."

달빛이 곱다.

진가장의 소가주 전용 연무장에도 이렇게 달빛이 흐드러지게 피어올랐다가 내려앉고 있을까.

"형님."

"왜 그러느냐?"

"아까 낮에요. 왜 저 혼자 가도 된다고 하셨어요?"

"섭섭했느냐?"

"그, 그건 아니고요!"

"네 나이가 열일곱인데 나는 아직도 네가 어린아이로만 보이는구나. 너는 시간이 지날수록 세상 속으로 나아가야 할 아이인데 오히려 내가 널 붙잡고 있는 것처럼 느껴지더구나."

"그렇지 않아요. 다 형님께서 절 아끼셔서 그런 거란 거 알고 있어요."

진유청이 뒤로 기대 있던 상체를 벌떡 세우더니 정색을 하며 말했다.

"위하는 마음이야 나쁜 게 아니지. 하지만 너를 위한 마음이라면 온전히 네게 쏟아져야지. 너를 위한다는 명목으로 나를 위해 쓰여서는 안 되지 않겠느냐."

형님은 아직도 자라고 계신가 보다.

저렇게 잘 자랐고, 잘났으면서 어디까지 쑥쑥 커 나가시려는 건가.

"그래도 윤석아, 다른 건 몰라도 위험을 자초해 가며 스스로를 미끼로 삼는 건 아직도 용서가 안 되는구나."

"그, 그건요. 빠져나갈 수 있다고 생각해서 그래요. 정말 위험하면 절대 안 할 거예요."

"그래, 그래야지. 하지만 위험하지 않을 때도 그런 방식을 사용하는데 익숙해지고 편해지면 안 된다."

"명심할게요."

때마침 불어온 한 줄기 바람이 땀을 식혀준다.

시원했다.

살랑거리며 볼을 간질이다 사라지는 이 바람이 자신의 검에 실려 사람을 베는 그것은 아니겠지?

"유청아."

"네, 형님. 듣고 있으니 말씀하세요."

"힘이 있다고 해서 꼭 써야 하는 건 아니다. 부담스럽다면 뒤로 젖혀놔도 되고, 내가 가지고 있다고 해서 꼭 남을 위해 사용해야 하는 것도 아니란다."

"……그럴까요?"

"그리고 잊지 말아라. 네 앞에 검을 들이민 사람에게 네가 당당하다면, 그가 상처받을 걸 걱정하지 말 거라. 그리고 이 형은 네가 강해져야 하는 게 너를 상처 주려는 이들이 덜 상처받게 하기 위해서가 아니라, 너를 아끼는 이들이 상처받을 일이 없게 하기 위함이었으면 좋겠구나."

주위가 고요하다.

귀를 기울이면 아주 작은 소리까지 들을 수 있을 만큼.

풀잎이 바람에 섞여 흔들리는 소리나 흙바닥을 헤치며 사각거리는 벌레들 소리까지 모두 말이다.

"형님, 제가 옛날 얘기 하나 해드릴까요?"

"하여라. 난 언제나 여기서 듣고 있으니."

"옛날 옛적에요……."

진유청의 이야기가 이어졌다.

달빛이 검은 구름 뒤에 얼굴을 감추었다 드러내길 반복하는 동안에도 계속.

진유청은 잠시 달빛이 걷힌 어둠 속에 젖은 얼굴을 가린다.

다시 태어났어도 가질 수밖에 없었던 과거의 기억으로 인한 상처가 깨끗하게 사라지는 것 같았다.

이것은 과거의 자신이 하는 처음이자 마지막 고백이었다.

第十章

혼돈!

"채환이는 잘 도착했는지 모르겠구나."

황태자 주태민이 읽던 책을 내려놓으며 말했다.

"잘 갔겠지요. 태자 전하께서 초린대까지 딸려 보내주셨는데요, 뭘."

이경찬이 어깨를 으쓱거리며 대답했다.

책의 표지를 매만지던 주태민의 손끝이 멈칫거린다.

하나 그는 별다른 티를 내지 않고 말을 이었다.

"형부상서는 어떠시냐? 이가장에만 있으려면 답답할 텐데."

직위를 회수당하고 근신까지 당했지만 주태민은 이청강을 여전히 형부상서로 부르고 있었다.

"그동안 보지 못했던 책을 읽으시겠다며 서재에서 두문불출하고 계십니다. 문안 인사드릴 때 뵌 바로는…… 좋아하는 책을 읽으시면서 나름대로 잘 지내고 계신 거 같습니다."

진짜였다.

그리고 아버지가 집에만 있자 가장 많이 달라진 사람은 바로 어머니.

어머니는 아침부터 곱게 단장을 하고 하루 종일 기분 좋게 웃으며 화내는 일이 줄어들었다.

식솔들이 어르신께서 매일 집에 계셨으면 좋겠다고 수다를 떨 정도였으니.

"참으로 기이한 일이구나. 나 혼자 세상 걱정을 다 하고 있는 것 같으니. 너는 신하된 도리로 이 일에 대해 어찌 생각하느냐?"

주태민의 목소리가 자못 험악해지자 이경찬이 어색하게 입가를 말아 올렸다.

거, 걸렸다!

"그, 그럴 리가 있겠습니까?"

주태민이 그런 이경찬을 빤히 바라봤다. 녀석의 등줄기에서 식은땀이 흘러내릴 때까지.

"뼈가 삭아 문드러질 때까지 내게 충성을 다 바치겠다고 했던 너의 맹세와 신념을 보아 한 번 봐주도록 하지."

그, 그건 그렇게 하라고 태자 전하께서 시키신 거지, 제가 하겠다고 먼저 선뜻 나서서 한 건 아니지 않습니까!

이경찬은 억울했지만 그렇다고 감히 심기가 편치 못한 황태자 앞에서 제 속을 드러낼 수는 없었다.

"왜, 싫은가? 봐주지 말까?"

눈을 가늘게 뜬 주태민이 이경찬에게 되묻는다.

이거, 위험 신호다!

이경찬이 다급히 고갤 저었다.

"그냥 한 번 봐주십시오. 제가 다 잘못했습니다."

"……됐다. 괜히 어울리지도 않게 내 기분 맞춰 주겠다며 굽실거리지 마라. 너 같지 않아 더 화가 나니까."

이경찬은 싫은 건 죽어도 싫은 녀석이다.

황태자인 자신 앞에서도 고집을 꺾질 않아 가끔 화가 날 때도 있고, 어쩔 땐 저걸 내쳐 버릴까 싶다가도 결국은 그 고절(孤節)함에 자신이 져줄 수밖에 없게 만들었다.

녀석이 항상 옳은 직언을 하고, 검은 길로는 애초에 발을 딛지 않는다는 걸 자신은 아니까.

"눈치채셨습니까?"

이경찬이 계면쩍은 얼굴을 한다.

"그럼 모를 거라 생각했느냐? 내가 너와 지낸 시간이 벌써 얼마인데."

주태민이 혀를 찼다.

형부상서는 근신을 당하고 나채환은 무림으로 나아가야 했던 그날 이후, 이경찬은 녀석답지 않게 솔직하지 못했다.

걱정되는 게 있어도 감추고, 주태민의 기분을 맞춰 주려 애썼다.

그날의 일이나 연이상단과 관련된 거라면 일부러 별거 아니라는 듯이 관심 없다는 듯이 넘겨 버리기 일쑤였고.

물론 그게 자신을 생각해서라는 건 알지만…….

자신은 황태자다.

그런 식으로 단것만 주려 하는 이는 세상에 넘치고도 넘쳤고, 싫고 기분이 상한다 해서 보이는 것에서 눈 돌리면 그 순간 세상이 닫혔다.

자신이 그러려고 해도 그러지 않도록 직언을 던지는 게 바로 이경찬이 해야 할 일인 것이다.

"계속 그런 식이면 네가 내게 필요한 신하인지에 대해 다시 생각해 봐야 할 거 같구나."

차가운 말이 귓속으로 파고들지만 이경찬은 서운해하지 않았다.

저분이 자신의 친구거나, 평범한 위치에 있는 사람이 아니란 것에 신경이 미치지 않은 자신의 실수다.

다른 사람을 위로하듯 하면 안 되는 거였다.

"제가 잘못했습니다."

"나는 네 주인이다. 그리고 너의 주인은 세상을 다스릴 황제가 될 사람이고. 앞으로는 잊지 말도록 해라."

"네, 태자 전하."

이경찬이 단단히 머릿속에 새겨둔다.

"그럼 네가 잘못을 인정하고 깨달음을 얻은 기념으로 서희나 보러 갈까?"

"네에?"

이경찬이 두 눈을 휘둥그레 떴다.

가, 갑자기 서희 공주님은 왜?

"어쨌거나 네가 네 주제에 안 맞게 날 친구처럼 생각하고 마음 쓰려 했던 건 잘못이었지만 그 정성은 갸륵하지 않느냐. 물론 다음에 또 이런 일이 있다면 가차 없이 내치겠으나 네가 같은 실수를 두 번 할 멍청한 녀석이라곤 생각지 않으니 됐다."

그러니까 그거랑 서희 공주님과의 상관 관계는…… 뭡니까?

이경찬이 눈으로 물었다.

"네게 내리는 상이라니까?"

"괜찮습니다. 그렇지 않아도 궁내에 서희 공주님과 저 사이에 있지도 않은 얘기가 퍼져서 난감하던 차인데 이런 때 제가 그분을 뵙는 건 실례되는 일이라 여겨집니다."

"있지도 않은 얘기라……."

"네. 저도 몰랐는데 나인 하나가 가르쳐 주어 알게 됐습니다."

"끝까지 모르게 하려고 했더니, 대체 너에게 말해준 아이가 누구더냐!"

"그게 무슨 말씀이신지…… 설마?"

"그래. 내가 낸 소문이다."

주태민이 간만에 기분이 좋아졌는지 입가를 가느다랗게 말아 올린다.

"태자 전하! 왜 그런 소문을 내셨습니까!"

"너야말로 감히 누구 앞에서 목소리를 높이느냐."

주태민이 이경찬을 쏘아보자 녀석이 목을 움츠리며 목소리를 낮췄다.

"너무 놀라서 그러지요."

"놀라긴. 풍류공자니 뭐니 하며 궁 안의 여심을 흔든다는 녀석이 정작 이렇게 숙맥이어서야. 네가 그러니 내가 신경을 쓰지 않게 생겼느냐. 서희의 나이가 몇 살이더냐. 혼처가 정해졌어도 벌써 정해졌어야 하거늘 어마마마께서 품에서 내려놓지 않으시니 아직까지 혼자인 게지. 그렇지 않았다면 벌써 혼인을 해 아이가 있을지도 모를 정도지 않느냐."

이경찬이 마른침을 삼켰다.

항상 그곳에 있는 꽃이기에 그런 줄로만 알았지, 혼인에 대해선 생각도 못했던 것이다.

"것 봐라. 네 얼굴을 보니 전혀 몰랐다는 듯하구나."

"네. 미처 거기까지는……."

"소문도 소문이고, 내가 너와 서희를 이어주려 한다는 이야기도 흘려 놓았으니 웬만큼 간이 큰 놈이 아니고서는 혼담을 넣지 못할 것이야."

어딘지 모르게 재밌어 하시는 걸로 보이는 건 제 착각이 겠지요, 태자 전하?

조금 의심이 가긴 했지만 아무렴 어떠냐.

태자 전하께서 이렇게까지 자신에게 신경을 써주시는지 는 몰랐다.

"이제 만나러 갈 마음이 좀 생겼느냐?"

"데려가 주신다면 인사라도 드리고 오고 싶습니다."

"고작 인사 따위를 하러 거기까지 간다는 게냐?"

주태민이 못마땅한 듯 혀를 차면서도 황태자 궁을 나설 준비를 했다.

"경찬이 너는 채환이가 무림에서의 일을 잘 처리하고 오 길 간절히 바라야 할 게다. 그것은 내게도 아주 중요한 일 이지만, 네게도 그럴 테니까."

"물론이지요. 태자 전하의 훗날과 저희 가문의 명운이 걸린 문제 아닙니까."

이경찬의 대답에 주태민이 고갤 저었다.

"하나 더 있지."

"그게 무엇입니까?"

"서희. 이 일이 잘못되면 너와 서희는 영영 이루어질 수 없게 될 것이다. 내가 아무리 손을 쓰려 해도 황제 폐하께서 들어주시지 않으실 테니까. 하지만 이번 일이 잘되고 내가 환성 숙부를 밀어내고 완전히 입지를 다지게 된다면…… 그땐 황제 폐하가 아니라 내가 너에게 서희를 주마."

역시 보통 사람과는 생각하는 크기 자체가 다른 분이셨다.

"모든 일이 잘되길 바랍니다. 제가 주인으로 모시고 있는 태자 전하와 제 가문을 위해서도. 무림에 있는 친구들을 위해서도 말입니다. 하지만 서희 공주님에 관한 건…… 그분께 맡겨 두렵니다."

"뭐라?"

"그분이 원하시지 않는 한, 제가 아무리 그분을 사모한다 해도 그분께 원치 않는 혼인을 하시게 하진 않을 겁니다."

"쯧, 쯧."

주태민이 눈살을 찌푸리며 혀를 찼다.

"전 그분이 행복하시길 바랍니다."

"그런 마음으론 손해만 보며 살게 될 뿐이다. 원하는 건 손에 쥐어야만 가치가 있는 게 아니더냐."

남의 것을 구경하는 게 무어 즐겁다고.

"태자 전하께선 그러실 수 있을 겁니다. 제가 그러실 수 있도록 노력하겠습니다."

이경찬이 진심을 담아, 진정으로 한 말에 주태민이 잠시 움직임을 멈추었다.

그는 아주 조금, 아주 잠깐 숨을 짧게 들이마셨다.

그리고 아무 일도 없었다는 듯이 이경찬을 향해 핀잔을 준다.

"그럴 자격이나 되고 말하여라. 가문은 풍전등화요, 제 녀석은 제대로 된 직책도 없이 내 글동무로 황궁에 드나들고. 공주를 주겠다고 해도 그녀의 행복을 바란다는 헛소리나 해대는 녀석이 말은 참 잘도 지껄이는구나."

틀린 말이 하나도 없어서 이경찬은 조금 가슴이 아팠다.

그래도 어쩌겠나.

저게 다 맞는 말이니 더 노력하는 수밖에.

"모자란 놈이니 더 열심히 노력하겠습니다."

"……뭐, 그러던지."

주태민이 이경찬을 스쳐 지나 문을 나선다. 그는 평소처럼 휑하니 혼자 가 버리지 않고 이경찬을 위해 잠시 멈춰섰다.

"안 갈 게냐? 서희 보고 싶다며."

"아……."

이경찬이 얼른 주태민의 뒤로 따라붙는다.

"가서 차 한 잔 달라고 해보려무나. 이 오라비도 있는데 설마 서희가 차 한 잔을 아까워할까."

주태민이 말했다.

그의 얼굴이 어딘지 모르게 즐거워 보였다.

"이번 일은 그냥 넘어갈 수 없을 거 같습니다."

진호철이 동심회의 식솔들을 향해 말했다.

"하긴. 그동안도 심하긴 했지만 인의회의 이번 행동은 확실히 도를 지나쳤지. 어찌 장로급들이 맹 밖으로 몰려 나가 복면을 쓴 채 사람을 헤하려 할 수가 있단 말인가. 그것도 관에 속한 이를."

청기자가 눈살을 찌푸리며 동조했다.

"그럼 회주는 정식으로 회의를 열어 문제를 제기할 생각이신가?"

소림 방장 목인이 묻는다. 진호철이 잠시 주저했지만 이내 고개를 끄덕였다.

그게 가장 확실한 방법이었으니까.

"그러려고 합니다만 당장은 어려울 거 같습니다. 확실한 물증이 없지 않습니까."

참 많은 일이 있었는데도, 저들의 발목을 단단히 옥죌 증거가 없었던 것이다.

"화산과 점창, 모용세가라. 어디를 건드리는 게 그나마 피해 없이 증거를 확보할 수 있을 거 같냐?"

"아무래도 두 갈래로 나뉜 이후 아직 정리가 되지 않은 화산이 낫긴 하지만 아직 이렇다 할 결정을 내린 건 없습니다."

진호철이 난감한 표정으로 화산의 장문인 소운찬을 바라본 뒤 말을 끝맺었다.

"모용세가는 사람은 많이 왔는데 하나같이 쭉정이에 장로급도 별로 없이 모용기만 덜렁 와 있는 상태이고 점창은 워낙 단단한 곳이지만 이번 일로 충격이 클 테니 쉽사리 건드리기가 애매하겠구려."

결국 화산 쪽으로 갈래가 잡히지만, 그렇다고 해도 증거를 빼내는 게 쉽지는 않을 터.

"그러고 보면 유청이 너는 그때 왜 인의회 장로들을 그냥 돌려보냈느냐?"

상개는 저번부터 그게 궁금했었다.

"데려와도 인질로 쓸 수도 없고, 잘못하면 혀 깨물고 죽겠다고 난리 칠 거 같고. 절대 자기들 잘못은 인정하지 않을 테니까요. 게다가, 누가 믿어 주겠습니까? 그들이 채환이 일행을 죽이려고 덮쳤다는 거보다, 그런 짓을 벌이다가 절 만나 개박살이 났다는 사실을 말입니다."

그걸 증명하려면 유청이 모든 이들 앞에서 무공 수위를

내보여야 하는데.

어느 게 더 이득이라고 할 수 없는 애매한 문제였다.

진유청의 무공은 보통의 무공들과 궤를 달리하는 데다, 그 강함이 상상을 뛰어넘기에 녀석의 존재 하나로 무림맹의 틀이 바뀔 수도 있음이었으니.

"너무 강해도 문제구나."

홍개가 고개를 설레설레 저었다.

"그러게요. 나란 남자는 왜 적당히, 란 게 없는 건지."

진유청이 너스레를 떨었다.

"유청이를 죽이려 했던 삼조의 인물들은 어떻게 할 생각인가? 각 문파들이 자파의 제자를 돌려 달라 항의를 해오고 있다던데."

목인이 문득 생각난 듯 물었다.

"화산과 점창, 그리고 남궁세가만 조용합니다."

"화산과 점창이야 자기들이 꾸민 일이니 할 말이 없을 테고, 남궁세가는 남궁혁을 완전히 버린 모양이군."

"그런 듯합니다."

남궁혁은 이제 돌아갈 곳을 잃었다.

제자를 돌려달라 핏대를 세우는 문파들은 자기네 제자들이 무슨 짓을 저질렀는지 아직도 눈치를 채지 못한 상황일 테고 말이다.

"정파를 자처하는 이들이 어찌 인두겁을 쓰고 그런 음모를 꾸몄을꼬."

청기자가 탄식하듯 중얼거렸다.

만약 유청이에게 힘이 없었다면 자신들은 설마 그렇게 빤히 들여다보이는 치졸한 계략을 짰을까 방심하다 소중한 아이를 잃을 뻔했지 않았는가 말이다.

"돌려보내세요. 어차피 그들을 증인으로 세워봤자 파문을 했네, 다른 문파와 내통을 했네, 오만 가지 이유를 다 들어서 자기네와 상관없다고 우겨댈 게 빤하잖아요."

당사자인 진유청이 나서서 말하니 어르신들이 고민한다.

"안 될 거라고 덮어두기만 하면 썩은 부위를 도려낼 수가 없지 않느냐?"

안타까운 목소리로 청기자가 말하자 진유청이 진지한 얼굴로 그에게 되물었다.

"장문인께선 정말 그렇게 생각하세요?"

"그렇지 않으면?"

"도려내야 할 살은 저쪽이 아니라 우리예요. 우리까지 썩어 버리기 전에, 나가야 할 지경이라고요."

"……그 정도인 게냐?"

"그 정도를 넘어섰지요. 우리가 본 무림맹 사 천 중 도를 지키고 선을 넘지 않는 문파가 있었나요?"

없었다.

적어도 자신이 본 중엔 없었던 거 같다.

그래서 진유청은 자신있게 말을 이을 수 있었다.

"이곳에서 지켜져야 할 가치가 있는 건 학관과 하급 무사들밖에 없는 거 같아요."

"그럼 유청이 네 말은 무림맹을 버리자는 거냐?"

아버지인 진호철이 심각한 기색으로 묻지만 진유청은 대답하지 않았다.

"유청아. 네가 생각한 걸 얘기해 보거라."

진호철이 재차 묻자 진유청이 신중한 얼굴로 대답했다.

"저는 그저 우리 모두 다같이 생각해 보자는 거예요. 소림, 무당, 개방의 어르신들께선 무림맹을 정화시키기 위해 처음 이 선택을 하셨던 거잖아요. 그때와 지금은 상황이 다르고 그때는 몰랐던 걸 이젠 많이 알게 됐으니까. 무림맹을 정화하는 게 정말 가능한 건지에 대해 다시 한 번요."

"으음……."

누군가의 입에서 저도 모르게 신음이 흘러나왔다.

그만큼 진유청이 한 말은 충격적이었다.

내용 자체도 그러했지만, 그 말을 한 이가 바로 소신선(小神仙)이라 불리는 진유청이었기에 더더욱.

"저는 이만 나가볼게요."

진유청이 어르신들을 향해 꾸벅 고개를 숙여 보인 뒤 적막이 내려앉은 상방 오호의 문을 열고 밖으로 나갔다.

"아아……."

진유청이 비어 있는 하노의 오두막으로 가서 먼지가 잔뜩 쌓인 평상 위에 벌렁 드러누웠다.

머릿속이 복잡했다.

왼쪽으로 뒹굴, 오른쪽으로 뒹굴.

"괜히 말했나?"

어르신들 표정이 거의 울 거처럼 변했었다.

한숨을 푹 내쉬는 진유청의 머리 위로 그늘이 드리운다.

고개를 숙여 자신을 내려다보고 있는 이는 바로 정한수였다.

"여어. 그 나이에 방황이라도 시작한 거냐?"

"그런 건 아니고."

"그럼 왜 그랬냐? 너 나가고 나서도 분위기가 회복이 안 돼서 나도 슬금슬금 겨우 빠져나왔다."

진유청이 몸을 웅크렸다.

불쌍한 척하기는!

속으로 구시렁거린 정한수가 평상의 모서리에 엉덩이를 걸치고 앉았다.

녀석이 진유청의 어깨 위에 제 손을 얹는다.

"말해봐. 뭐가 그렇게 답답해서 너답지 않게 그런 건데?"

한 치의 거짓도 용납하지 않겠다는 듯이 진지한 눈동자

가 진유청을 향했다.

왜 이렇게 고지식해진 거야?

우리 한수, 예전엔 안 이랬는데. 하여간 화산파 장문인께
서 애 다 버려 놓으셨다니까.

"얼른."

정한수가 재촉했다.

다른 땐 말하기 싫어하는 거 같으면 절대 두 번 안 묻더
니만. 꼭 집어 이럴 때만 이런다.

진유청이 머뭇거리다 결국 입을 열었다.

"무림맹이 답답해. 여기가 싫어."

사람 죽이는 게 너무 쉽고, 사람 깔보는 게 너무 당연한
곳.

눈앞에 이익 되는 게 있으면 어떻게든 달려들어 제 품에
넣고 주변을 향해 살기를 날린다.

"나도 그래. 나도 여기가 싫다."

정한수가 기지개를 쭉 펴며 유청의 말에 동의했다.

하지만 정한수는 갈 곳이 없다.

화산의 본산은 인의회에 속해 있었으니까.

"여기서 저 사람들 낯짝을 보고 저 사람들이 꾸미는 음
모에 일일이 대응하다간 나중엔 나도 저렇게 될 거 같아."

"넌 그렇게 안 될 거다. 아니, 되고 싶어도 못될 걸."

"어떻게 확신해?"

"우리가 있잖아. 언제라도 달려와서 이렇게 닦달하고 괴롭히고 잔소리하고…… 그래, 저기 채환이도 오는군. 저 녀석은 네 목을 비틀려고 들걸."

정한수의 너스레에 진유청이 피식 웃더니 조금 힘을 뺀 목소리로 말했다.

"사실 나, 무림맹을 정화시킬 수 있는 방법은 딱 하나가 아닐까 하는 생각이 들었어."

"뭔데?"

이 똥통을 깨끗하게 할 수 있는 방법이 있기는 있단 말인가?

눈을 빛내는 정한수에게 진유청이 대답했다.

"피의 정화."

순간 정한수의 눈동자가 얼마나 커졌는지 진유청은 똑똑히 보았다.

녀석의 눈동자가 크게 흔들리는 것 또한.

"유청이 너……."

"알아, 알아. 그래서 거기까지는 말 안 했잖아."

정한수는 진정하려 애썼다.

자신의 눈앞에 누가 있는지 생각하려 애쓰면서.

진유청이다. 바로 그 진유청. 내 친구!

그래, 사실 그래서 더 놀라고 있는 거다.

이 녀석 입에서 이런 말이 나올 정도라면…… 대체 여기는 얼마나 썩어 있다는 건가!

"그렇게 화가 났어? 무림맹이란 곳에?"

"응. 화가 나. 무림맹이 아니라 무림맹에 속해 있는 사람들에게."

진유청이 두 손바닥을 펼치더니 그 안에 얼굴을 묻었다.

정한수가 물끄러미 녀석을 내려다보다 한숨을 내쉬었다.

그리곤 울타리 밖에 서 있는 나채환을 향해 손짓을 하니 녀석이 고개를 젓는다.

유청의 상념을 깨기 싫었던 듯.

진유청은 그러고도 한참을 있다가 잠이 들었다.

나채환이 거기까지 확인한 뒤, 걸음을 옮겨 학관 쪽으로 갔다.

"어쩌나. 여기서 자게 둬야 하나?"

오현이에게 말해서 이불을 가져올까? 그렇다고 자는 녀석 혼자 덩그러니 두고 갈 수도 없는 노릇이고.

정한수가 고민하고 있을 때 나채환이 딱 맞춰서 진이현과 함께 하노의 오두막 쪽으로 오고 있었다.

진이현이 다가와 진유청을 내려다본다.

"뭐라 하더냐."

정한수는 진이현이 저를 보고 있진 않지만 저에게 묻는 말이란 걸 알았다.

"그게 말입니다……"

정한수가 말을 해도 될지 말지 갈피를 잡지 못했다.

"내 동생이다. 그리고 아까와 같은 모습을 본 적은 한 번도 없었다. 그러니 말하여라."

"무림맹을 정화할 수 있는 방법은 단 한 가지. 피의 정화밖에 없는 게 아니냐며…… 괴로워했습니다."

"그랬구나."

진이현이 안타까운 눈으로 동생을 응시했다.

이 녀석, 정말 자라고 있는 중이구나.

곧 어른이 돼서, 자신과 진가장의 품을 떠나 세상으로 날아갈 것이다.

진이현이 평상 앞에서 상체를 굽히자 정한수가 조심스레 유청이를 일으켜 세워 형님의 등에 업혀줬다.

"고맙다."

"그런 말씀 마세요, 형님."

정한수가 고갤 저었다.

진이현은 동생을 업고 다른 두 사람은 그 뒤를 쫓아 걸어간다.

아무도 먼저 말을 꺼내는 이가 없었다.

"캬아. 아쉬운 거 있지? 어제 같은 날이야말로 술 한잔 거하게 했어야 하는 날인데!"

침상에서 푹 자고 일어나자마자 한다는 소리가 저거다.

"잘났다, 정말."

정한수가 진유청을 향해 베개를 던졌다.

정통으로 머리를 맞은 진유청이 인상을 찡그리며 신경질을 낸다.

"아프잖아!"

그러던지, 말던지.

정한수가 진유청을 가볍게 무시한 뒤 침상에서 돌아누웠다.

근래는 장문인께서 머무시는 처소 인근에서 묵었는데 어제는 유청이가 걱정돼서 상방 오호에 머무른 것이다.

"얘네가 왜 아침부터 이래? 정신없게."

권오현이 투덜대고 있을 때 방문이 열리더니 나채환이 안으로 들어왔다.

초린대와 함께 머무는 나채환이 이 이른 시간부터 무슨 일이지?

나채환은 들어오자마자 진유청의 안색부터 살폈다.

"잠은 잘 잤냐?"

"그럼! 푹 잤지. 채환이 너는?"

진유청이 아무렇지도 않은 얼굴로 묻는다.

"나도 잘 잤다."

오고 가는 대화는 평범하기 그지없는 일상적인 것들인데 왜 듣는 권오현 자신은 가슴이 싸하게 내려앉는 거지?

"그만하고 밥이나 먹으러 가자."

더 잘 것처럼 굴던 정한수가 벌떡 일어나더니 둘 사이에 섰다.

진유청이 순순히 일어나고 나채환은 별 말 없이 문가로 향했다.

싸운 건 아닌 거 같은데…… 진짜 무슨 일 있이 있었던 거지?

영문을 알 수 없었던 권오현이 조용히 방을 나서는 셋을 번갈아 바라봤다.

第十一章

불편한 만남!

이원형이 눈을 떴다.

"벌써 아침인가?"

하품을 한 뒤 이불 속으로 파고들어 몸을 웅크리지만 그리 오래 있지는 못했다.

좀 더 누워 있었으면 좋았겠지만 오늘 해야 할 일이 있으니 게으름을 피울 수 없었다.

침상에서 몸을 일으킨 이원형이 대충 옷에 몸을 꿰어 넣는다.

"소방주님, 씻으실 물 가져왔습니다."

"들어와라."

문이 열리고 하녀 아이가 들어왔다.

원형은 깨끗이 씻은 후 흰 천으로 물기를 닦아내며 하녀 아이에게 물었다.

"오늘 날씨는 어떻더냐?"

어제 구름이 잔뜩 끼어 있었기에 묻는 거다.

"아주 좋은 날씨예요. 아, 창문 좀 열어드릴까요?"

하녀 아이가 생긋 웃으며 창가로 걸어갔다.

"됐다."

"네?"

하녀 아이가 제대로 듣지 못했는지 고개를 갸웃거리다 창문으로 손을 뻗었다.

챙그렁!

원형이 세숫물이 담겨 있던 커다란 그릇을 바닥으로 내팽개치며 소리쳤다.

"됐다지 않느냐!"

"네? 네. 아, 알겠습니다!"

창문으로 뻗던 손을 얼른 집어넣은 하녀 아이가 눈물이 그렁그렁한 얼굴로 어쩔 줄 몰라했다.

"치워라."

원형은 더 이상 얼굴을 마주하고 싶지 않았는지 싸늘하게 말한 다음 방을 나섰다.

그가 소방주가 된 그날부터 그의 방 창문은 지금까지 단 한 번도 열리지 않았다.

그는 사군평이 짜준 하루 일과를 충실히 소화했다.

그리고 저녁때가 되면 사군평의 집무실에서 함께 차를 마신다.

원형이 하루 중 가장 좋아하는 시간이었다.

"차 맛이 좋습니다."

생긋 웃으며 찻물로 입안을 적신 원형이 칭찬을 했다.

"소방주님이 요즘 차를 즐기시게 된 것 같아서 제가 특별히 주문한 겁니다."

사군평의 혓바닥은 언제나와 같이 기름칠을 한 것처럼 매끄러웠다.

따뜻한 찻잔을 두 손으로 쥐고 있다 내려놓은 사군평이 원형을 바라본다.

"왜 그러십니까?"

이원형이 조금은 불안한 얼굴로 물었다.

"아침에 하녀 아이 하나를 크게 혼내셨다 들었습니다."

"아, 그건 말입니다. 제 말을 무시하는 것 같아서 너무 화가 나서 그만……."

두서없이 튀어나온 말이 변명이 돼 흩어졌다.

"꾸중하려는 게 아닙니다. 그런 걸로 제가 왜 소방주님께 안 좋은 소리를 하겠습니까. 그 아이는 온전히 소방주님을 위해 그곳에 존재하는 아이입니다. 그보다 더한 짓을 하셨다 해도 전 신경 쓰지 않을 겁니다."

"그럼 왜 그 얘기를?"

"제가 마음 쓰고 있는 건, 소방주님께서 그 하녀 아이를 혼내게 된 원인입니다."

이원형의 눈동자가 불안하게 떨린다.

"창문을 열지 말라고 하셨다지요?"

"어제 구름이 많이 껴서 비가 왔을 것 같았습니다."

"그 아이 말과는 조금 다르군요."

사군평의 낯빛이 냉랭해졌다.

"아, 아닙니다. 그저 저는 그랬다는 겁니다. 그 아이가 날씨가 좋을 거라고 하긴 했지만…… 저는 별로 창밖을 보고 싶지 않았습니다."

"왜 보고 싶지 않으셨습니까?"

"그, 그건……."

이원형이 우물쭈물하자 사군평이 한숨을 내쉬었다.

"그렇게 유하셔서야 혈사방 소방주 자리를 지키실 수 있을지 걱정이 됩니다."

"할 수 있습니다! 해낼 겁니다!"

주먹을 불끈 말아 쥔 이원형이 외쳤다.

"그럼 내일부턴 일어나자마자 창문을 열고 신선한 공기를 맡으실 수 있으시겠지요?"

"네. 할 수 있습니다."

이원형이 주먹을 잘게 떨면서도 그가 원하는 대답을 했다.

"역시 착한 분이십니다."

사군평의 입가에 가느다란 미소가 걸렸다.

그는 자신의 말이라면 절대 거역하는 일이 없는 눈앞의 아이가 아주 마음에 들었다.

"소방주 자리에 맡게 어른스러워지셨으면 했더니만 바로 말투도 고치시고 분위기도 달라지시고. 너무 잘해내셔서 저는 소방주님이 아주 자랑스럽습니다."

혼을 냈으니 이번엔 사탕을 쥐어줄 차례다.

예상대로 이원형의 얼굴이 한껏 밝아졌다.

"내일은 후원에서 차를 마시고 산책도 하는 게 어떻겠습니까?"

"정말입니까?"

"그럼요. 제가 왜 소방주님께 거짓말을 하겠습니까?"

사군평이 부드러운 어조로 대답했다.

아이는 아직도 이곳에서 아는 사람이 오직 사군평 한 명뿐이었다.

사람을 몇 명 붙여줘 봤지만 별로 소용이 없었다.

아이가 사군평의 말이 아니면 잘 듣지 않는데다 성격 또한 까다로우니 대하기가 쉽지 않았던 탓이다.

아이는 한 번 버려졌다 주워져서인지 마음을 여는데 인

색했다.

"아, 그런데 제가 말씀드렸습니까?"

"무얼 말입니까?"

"내일 연이상단주가 혈사방에 온다는 얘기 말입니다."

"그 사람이요? 어째서 여기에 또?"

이제 숙부라고 부르지도 않는다.

소방주가 된 후 첫 서찰을 읽지도 않고 찢어 버린 다음에도 서너 번 서찰이 도착했었다.

그리고 항상 사군평이 직접 편지를 가져다줬다.

한 번쯤 읽어보고 싶은 마음이 들기도 했지만 참았다.

아무리 따스한 말이 쓰여 있고, 좋은 얘기를 해준다고 해도 어차피 그게 다 이원형 자신을 이용하기 위해 수작을 부리는 게 아니겠나.

더는 속고 싶지 않았다.

"그가 소방주님을 이곳에 맡긴 걸 빌미로 삼아 여러 가지 부탁을 해오고 있습니다. 저도 소방주님을 생각해서 웬만하면 맞춰 주려 노력하지만 가끔은 과한 것도 있어 좀 곤란한 처지가 됐습니다."

"그게 무슨 말씀이십니까?"

자신 때문에 연이상단주에게 호의를 베풀고 있다는 건가?

이런 바보 같은 사람이!

어떻게 이렇게 상냥한 사람이 혈사방 같은 곳의 군사가 됐단 말인가.

이원형은 마음이 아팠다.

"하여튼 그래서 몇 가지 부탁은 들어드리지 못했으니 혹여 그걸로 연이상단주가 화를 내더라도 이해해 주십시오. 정말 급한 것 같았지만 제가 해드릴 수 있는 게 아니라서……"

"방주님께서 아시면 군사님만 크게 혼이 나는 거 아닙니까?"

"저희 방주님은 혼 같은 거 내지 않으십니다. 마음에 들지 않으면 그냥 베어 버리시지요."

사군평의 말에 이원형의 낯빛이 창백하게 질렸다.

그날, 코끝을 스치던 피비린내가 다시금 떠올랐기 때문이다.

"안색이 좋지 않으십니다."

사군평이 미간을 찌푸리며 다가가 이원형의 이마에 손을 댔다.

"열은 없으신데. 방에 가 계시면 의원을 보내드리겠습니다."

"아, 아닙니다. 조금 피곤해서 그런 거니 신경 쓰시지 않으셔도 됩니다."

이원형이 극구 사양했다.

"그럼 따뜻한 차를 한 잔 더 드릴 테니 천천히 마시고 가서 푹 주무세요."

이원형의 비어 있던 찻잔이 따뜻한 찻물로 채워진다.

그는 찰랑이는 찻물을 물끄러미 내려다보았다.

한데 이상했다.

동그란 찻잔 속에 낯선 소년의 얼굴이 비쳤다.

"왔는가?"

혈사방주 이두원이 대전 입구를 통과해 안으로 걸어 들어오는 환성을 보고 인사를 건넸다.

"평안하셨는지요?"

환성이 작게 고개를 숙여 보였다.

"자네는 얼굴이 많이 안됐군. 황태자가 자네를 눈엣가시로 여겨 찍어 내려 한다더니 그 때문인가?"

"……그런 소문이 무림까지 퍼졌습니까?"

"퍼지고 말고 할 거나 있겠나. 그저 조금 관심만 갖고 있다면 알 수 있는 일이지."

"갑자기 어디까지 알고 계신지가 궁금해집니다."

환성이 부드러운 미소를 얼굴에 그리며 말했다.

"연이상단이 곧 무너질지도 모른다는 것까지밖에 모르네."

"연이상단은 절대 무너지지 않습니다."

환성이 웃는 낯 그대로 얼굴을 굳힌 채 대답했다.

"정말 그럴까?"

이두원이 눈을 가늘게 접고 음습한 목소리로 되묻는다.

"네. 황제 폐하께선 언제나 제 말을 믿어 주시니, 이번에도 그러실 겁니다."

"오만이 과하지만 황제야말로 자네를 그렇게 만든 장본인일 테니 한 번 잘해 보게나. 이번에도 운이 좋을지."

"황제 폐하께 그런 무례한 언행을 하시는 건 곤란합니다."

진짜 화가 났는지 웃는 낯을 지운 환성이 감정이 드러나지 않는 목소리로 주의를 줬다.

"충성심이 대단한 신하로군, 하하하!"

뭐가 그리 재밌는지 이두원이 커다랗게 웃음을 터트렸다. 아마 오늘 그의 기분이 꽤나 괜찮은 모양.

"그래, 그건 그렇다 치고. 자네는 무슨 일로 또 이곳에 왔나?"

"거래를 하기 위해섭니다."

"거래는 저번에 다 끝나지 않았나."

"돈이 필요하시면 돈을, 상단의 인맥이나 정보망이 필요하시면 그 또한 드리겠습니다."

"장사치가 손해 보며 장사한다는 말은 내 믿지 않으니 그런 후한 조건을 내걸고 내게 바라는 게 뭔지 말해보게."

"혈랑대 세 개 조를 더 빌려주십시오."

"혈랑대를? 저번에 데려간 아이들도 아직 상단에 있을 게 아닌가?"

"……꼭 필요합니다."

인의회를 이용해 나채환을 암습하게 했다가 크게 실패한 일로 인해 그들과의 사이가 악화일로를 걷고 있었다.

아직은 어떻게든 가까스로 막아두고 있지만 둑이 곧 터지고 물이 넘쳐흐르게 될 것이다.

환성은 그들이 완전히 빠져나가기 전, 빈자리를 메워야 했다.

"안됐지만 그건 곤란하겠군. 혈랑대는 혈사방의 주력이자 실세인데 밖으로 내돌리는 건 한 번이면 충분해."

"원하시는 건 뭐든 드릴 테니 도와주십시오."

"자네는 부탁을 하지 않고 거래를 할 때가 더 보기에 낫군. 한 번 머리를 숙이면 그 뒤론 들지 못하는 게 부탁이네. 알지 않는가."

"……그래도 부탁드립니다."

"나가 보게. 더는 할 얘기가 없으니."

이두원은 마음을 바꿀 생각이 없었다.

환성이 입술을 질끈 깨물더니 인사도 하지 않고 대전을 나섰다.

"흉하게도 무너지는군. 자네만큼은 쓰러질 때도 고아하

게 피를 뿌릴 줄 알았건만."

이두원이 피식 웃으며 중얼거렸다.

밖으로 나온 환성이 어깨를 부들부들 떨었다.

"왜 그러십니까, 상단주님?"

막수곤이 걱정스레 묻자 그가 아니라는 듯 손을 내젓는다.

두 사람이 일전처럼 자신들을 안내해 줄 이를 기다리는데 한참이 지나도 아무도 오지 않았다.

환성의 말아 쥔 손에서 손톱이 살을 파고들어 피가 흘렀다.

"상단주님, 치료를……."

"됐다."

환성이 막수곤의 손을 거절한 뒤 걸음을 옮기려 할 때 누군가가 그들을 불렀다.

"그냥 가시렵니까? 차라도 한 잔 대접하려고 기다리고 있던 참인데."

사군평이 환성을 초대했다.

"기다리셨다면 우리가 나온 지 한참 됐는지도 아셨을 텐데. 아쉽지만 차 마실 시간은 없을 거 같습니다."

환성의 온화했던 얼굴에 찬 기운이 감돌자 사군평의 눈가가 휜다.

"가면 소방주님께서도 기다리고 계신데 정말 그냥 가시렵니까?"

"……원형이 말입니까?"

환성이 흔들리자 사군평이 고개를 끄덕였다.

"차 한 잔 드시고, 소방주님의 얼굴이나 보고 가십시오. 앞으로도 한참은 못 볼 게 아닙니까?"

결국 환성이 초대를 승낙했다.

그가 막수곤을 남겨둔 채 사군평을 쫓아 걸어갔다.

"원형아. 잘 지냈느냐?"

환성이 원형의 뒷모습을 보고 반가움을 감추지 못하고 아이에게 다가갔다.

한데, 얘가 왜 이러지?

고개를 돌려 환성을 본 원형이 마치 처음 본 사람을 대하듯 하는 게 아닌가.

"혈사방의 소방주인 이원형이라고 합니다. 만나 뵙게 되어 반갑습니다."

너무나 자연스럽게, 아무렇지도 않게 환성을 부정하는 모습에 그가 경악해 아무 대답도 하지 못했다.

"왜 그러십니까?"

사군평이 모르는 척 물었다.

"아무것도 아닙니다."

환성이 떨리는 손으로 찻잔을 잡았다.

찰랑거리며 흔들린 찻물이 넘치며 찻잔을 타고 흐른다. 덕분에 환성의 손도 젖어 버렸다.

"닦으십시오."

사군평이 흰 천을 건네주자 환성이 멍한 표정으로 손을 닦았다.

"피가…… 숙부, 피가 나요."

이원형이 깜짝 놀라 환성을 불렀다.

"응? 방금 뭐라 했느냐?"

환성이 이원형을 바라봤지만 아이는 그의 손을 가리키며 발을 동동 구르느라 정신이 없다.

그제야 손바닥을 내려다보니 좀 전에 피가 흘렀던 상처가 핏물과 닿아 붉은색이 퍼졌다가 흰 천에 그대로 묻어 나온 모양.

"괜찮으니 걱정하지 말거라."

환성이 다정한 어조로 이원형에게 말했다.

"공자님은 숙부님이 어지간히 좋으신 모양입니다."

사군평이 시큰둥한 어조로 하는 말에 이원형의 정신이 번뜩 들었다.

"아, 아니 저는……."

"이만 가보셔도 좋습니다. 가뜩이나 할 일이 많으실 텐데 소방주님의 시간을 오래 뺏어서야 쓰겠습니까."

사군평은 이원형과 눈도 맞추지 않고 말했다.

이원형이 어쩔 줄 몰라 하다가 제 방으로 돌아갔다.

"아이에게 너무 차가우신 거 아닙니까. 원형은 외로움을 많이 타고 어리광이 많습니다."

"그래서요?"

"조금 더 신경 써 주셨으면 하는 마음에서……."

"손을 놓아 버리고 매몰차게도 버리고 가신 분께 그런 말을 듣다니, 지금 제가 제대로 듣고 있는 게 맞습니까?"

사군평이 눈을 가늘게 뜨고 하는 말에 환성이 자리에서 벌떡 일어섰다.

"차 잘 마셨습니다."

환성이 걸어왔던 길을 거꾸로 올라 후원에서 빠져나갔다.

결국 세 잔의 차 중 비워지는 건 한 잔밖에 없게 된 것이다.

"재미없게 됐군."

사군평이 작게 투덜댔다.

"왜 그러나? 손님들을 다 쫓아내고 혼자 처량 맞게 차를 마시다니."

대전에서 나온 이두원이 찾아왔다.

"제가 쫓아낸 건 아닙니다. 다들 알아서 제 갈 길로 간 거지요."

"그럼 자네가 둘 다를 너무 괴롭혔나 보군."

사군평의 성격으로 미루어보건 데 안 봐도 뻔했다.

"연이상단주는 몰라도 소방주님에게만큼은 전 정말 잘해 주었습니다. 한데도 시험에 실패하다니, 소방주님에 대한 건은 생각을 좀 해봐야겠습니다."

안 그래도 너무 나약해서 이걸 길을 들인다 해도 제대로 쓸 수나 있을까 싶어 고민되던 차였으니.

"그러게 남이 버린 걸 주워서 뭘 어쩌겠다는 건가. 뭐든 처음부터 제대로 길을 들여야 오래 쓸 수 있는 것이네."

이두원이 앞에 놓인 찻잔을 들어 올리며 말했다.

남이 마시던 거지만 개의치 않는다. 그걸 보는 사군평도 딱히 신경 쓰지 않았다.

사실 이 두 사람은 딱히 차를 즐기거나 좋아하지 않았으 니까.

"연이상단주가 저렇게까지 나오는 걸 보니, 정말 궁지에 몰리긴 한 모양인데. 과연 무림맹에서 연이상단과 손을 잡고 있던 이들은 어찌 나올까 궁금하군."

"연이상단과 거래했던 것들 중 빌려줬던 건 회수하고 갚아야 할 건 입 씻고 엎어 버리겠지요."

"이득에 관한 거야 그렇겠지만, 그들은 서로가 하나씩 약점을 들고 있지 않은가. 누가 먼저 터트리고 누구의 것이 더 강력한가가 관건이겠지."

"두 개가 같이 터져 버리면 참 볼 만하겠습니다."

사군평이 재미있는 구경거리를 보고 싶어 하는 어린아이처럼 눈을 빛냈다.

"정 보고 싶으면 자네가 양손에 하나씩 잡고 가운데서 충돌시켜 보던지."

"정말 그래 볼까요?"

"조각조각으로 찢어진 연이상단을 자네 손으로 붙여서 가져오고 싶다면 마음대로 해보게."

"전 그림 맞추기엔 소질이 없어서 말입니다."

사군평이 손사래를 쳤다.

"안 됐군. 소질이 없는 관계로 재미있는 구경거리를 놓쳐서."

"괜찮습니다. 세상에 구경거리가 그것만 있는 건 아니지 않습니까. 진짜 재미있는 게 이제 막 시작됐으니 말입니다."

"그래, 나도 그건 기대가 되는군."

이두원이 고개를 끄덕였다.

"유청아!"

하노의 오두막 평상이 마음에 들었는지 요즘 시간만 나면 거기에 누워 하늘도 보고 잠도 자는 진유청의 휴식 시간을 방해하는 목소리가 들려왔다.

부스스 몸을 일으킨 유청이 울타리 밖에서부터 자신의

이름을 부르며 헐레벌떡 달려오는 무진을 보고 입맛을 다신다.

하여간 딱 잠들만 하면 온다니까.

하지만 밤톨 같은 머리통이 햇빛에 반사돼 반짝거리는 걸 보니 화를 내기는커녕 웃음이 먼저 나왔다.

그러고 보니 저 버릇은 진가장에 있을 때부터군.

뭔 일만 나면 자신의 이름을 부르며 헐레벌떡 달려와 팔을 잡아끌었다.

그래, 그때도 그랬지.

갑자기 자신을 부르며 달려오더니 대뜸 한다는 말이.

"큰일 났어!"

으응? 설마······.

"채환이랑 하방 애들이랑 싸움 났어!"

내용까지 비슷했다.

그때는 분명 진가장에서 진호와 경찬이가 싸움이 났었는데 말이다.

아, 좋을 때였지.

첫 번째가 너무 거지 같아서 그랬나, 두 번째 어린 시절은 정말 다 좋았던 거 같다.

"빨리 가자니까?"

무진이 진유청의 팔을 잡아끌지만 그는 별로 갈 마음이 없었다. 왜냐하면 그때는 둘을 말려 줄 사람이 자신밖에 없었지만 여기서는 아니지 않는가.

"한수도 있고 오현이도 있고 다 있는데 굳이 내가 갈 필요가 있어?"

유청이 손을 바깥쪽으로 내저으며 다른 애들을 데리고 가라고 한 뒤 다시 평상에 벌렁 드러누우려 했다.

그래, 했다. 그러나 하지 못했다.

"내가 잘못 들은 거냐?"

"아냐. 제대로 들은 거야. 한수랑 오현이랑도 다같이 싸우고 있어!"

끄허억!

진유청이 헛바람을 들이키며 벌떡 일어났다.

이 녀석들이 학관 내에서 패싸움이라도 벌이고 있다는 거야, 지금?

"가자!"

진유청이 무진에게 말하자 녀석이 고개를 끄덕이더니 최대한 빨리 안내를 했다.

퍼억, 퍽!

주먹이 살을 쳐올리는 찰진 소리가 여기저기서 울려 퍼지고 있다.

다행히 진검을 들고 싸우겠다고 설치는 미친놈은 없……었지만 손에 돌을 들고 있는 놈은 있었다.

"대체 이게 무슨 난리야?"

진유청이 쩍 벌린 입을 다물 줄 모른다.

학관이 세워진 이후 이만큼 대규모 패싸움은 전무후무할 게 분명해 보일 정도의 장관이 진유청의 눈앞에 펼쳐져 있었기 때문이다.

다른 숙소보다 넓은 규모와 쾌적한 환경을 자랑하는 하방 숙소 앞 넓은 공터를 빼곡하게 매우고 있는 아이들은 갖가지 화려한 기술을 동원해 싸움에 열중하고 있었다.

한낱 패싸움에서 화산의 절기가 튀어나오고, 팽가의 도법이 두터운 나무판자에서 발현될 줄 누가 알았겠나.

"그만둬! 제발 그만해!"

싸움이라면 질색을 하는 오현이가 대체 무슨 일로 싸움에 가담을 했나 했더니만 싸우고 있는 게 아니라 말리고 있는 중인 듯.

"학관은 수련생의 자랑이자 무림맹의 얼굴이잖아! 이제 좀 그만들 해!"

어떻게든 말리고 싶은 마음은 잘 알겠지만 현실은 그렇게 녹록지 않았다.

"허억!"

앞에서 떠밀린 놈에게 발이 밟히고 뒤에서 싸우던 놈이 젖힌 팔꿈치에 찍히고.

저 바보는 차마 다른 녀석들에게 손을 휘두르진 못하고

계속 멈칫하길 반복하다가 얻어터지고만 있었다.

"무진아, 가서 오현이 좀 구해와라. 저러다 맞아 죽겠다."

"내가…… 벌써 몇 번이나 구해다 놨는데. 꺼내 놓으면 또 들어가고, 꺼내 놓으면 또 들어가고. 후움."

아아, 그랬구나.

무진이 결국 자신에게까지 쫓아온 이유를 알겠다.

"대체 어쩌다가 이렇게 된 건데?"

"나도 몰라. 처음엔 채환이랑 하방에 묵는 팽 뭐라고 하는 애랑 싸움이 붙었는데 초린대가 와서 채환이 편들고 하방 애들이 몰려나와서 팽 뭐라는 애 편들고. 그러다 한수랑 한수네 화산파 동료들이 막 쫓아오고. 그러니까 하방 애들은 중방에 친한 애들 데려오고."

모른다고 한 거 치곤 꽤나 자세히, 어쩌면 너무 자세히 아는 거 같다!

무진이 너…… 혹시 구경하고 있었던 거 아니냐?

진유청이 의혹의 눈초리를 보내자 무진이 고개를 휘휘 저었다.

"아, 아냐! 절대 그런 거 아냐!"

침을 꿀떡 삼킨 무진이 불쌍한 눈을 하고 상황을 설명했다.

"처음에 채환이가 싸움을 시작해서 유청이 너한테 가려

다가 요즘 너 우울하니까 혼자 두라고 했던 말이 생각나서 초린대한테 갔거든."

"그래서 초린대를 불러왔는데, 말리기는커녕 채환이 편을 들며 같이 싸우더라 이거지?"

"응, 응!"

무진이 크게 고개를 끄덕이더니 말을 이었다.

"그래서 어쩌나 하다가 한수가 생각나서 갔더니 화산파 애들하고 있더라고. 채환이 싸우고 있으니까 가서 말려 달라고 했더니 애들하고 우르르 몰려갔는데…… 와 보니까 한수도 채환이 편들면서 싸우고 있고. 그 다음엔 진호를 찾았는데…… 어? 저기 진호다!"

그래, 말리라고 불렀던 진호도 여기 와서 저걸 보더니 눈이 휙 돌아가서 저 안에서 저러고 있다 이거지?

"그냥 무진이 니가 말리지 그랬냐."

"으응? 그, 그러게. 그럴 걸 그랬나? 진가장에 있을 때 싸움 나면 항상 말릴 사람 찾으러 가던 게 버릇이 돼서 그랬나 봐."

그런 말 하면서 배시시 웃는 건 좀.

어쨌거나 이렇게 대규모의 패싸움이 벌어진 건 무진의 탓이 꽤나 큰 거 같았다.

"아, 그런데 오현이는 몇 번째에 데려온 거냐? 언제 왔길래 저렇게 만신창이가 돼서 여기저기 채이고 있는 거야?"

"오현이는 내가 데려온 거 아냐. 자기가 지나가다가 보고 싸움 말리겠다고 끼어든 거지."

아아. 그랬군.

평범한 삶을 지향하지만 은근히 팔자가 드센 녀석 같으니라고.

"이제 빨리 싸움 좀 말려봐. 유청이 너 싸움 잘 말리잖아."

그건 그랬지. 그때는.

하지만 지금은 공터를 새카맣게 뒤덮고 있는 놈들 머리통에 모두 박치기를 날려 줄 순 없지 않은가.

아무리 자신의 머리가 좀 튼튼한 편이라 해도 그런 짓을 했다간 어느 순간 갑자기 수박처럼 쩍 하고 갈라질지도 몰랐다.

진유청이 눈으로 자신의 친구들이 있는 곳을 확인했다.

멍 자국 몇 개 달고 있긴 해도 워낙 출중한 녀석들이라 그런지 크게 다친 데는 없어 보였다.

싸움 말리러 들어간 오현이만 빼고.

"흠, 흠."

진유청이 목을 가다듬었다.

그리고.

"그만! 전체 그만!"

목이 터져라 외친다.

갑자기 살 터지는 소리와 쌍욕 소리가 멈추고 주위가 고요해졌다.

오오, 잘 먹히는데?

진유청이 자신이 한 일에 보람을 느끼며 뭐라 입을 열려는데.

퉤엣!

"저건 또 어디서 온 새끼야?"

걸쭉한 침이 진유청의 발치에 떨어지고 뒤이어진 욕.

놈으로 인해 적막이 깨지자마자, 거대한 파도가 머리 위로 덮쳐든 것처럼 아이들이 동시에 욕설을 뱉어내며 주먹을 날렸다.

진유청도 눈이 쌜쭉해져서 자신에게 욕을 뱉은 놈을 눈으로 찾고 있었는데.

새끼? 이 씨버머글 놈이 누구 보고 새끼래?

사실 나도 욕 좀 하거든?

"유청아, 참아! 너는 말리러 왔지, 싸우러 온 게 아니잖아?"

무진이 팔에 매달리지만 않았어도!

우씨, 넌 이따 보자.

진유청은 자기한테 찍힌 놈 얼굴을 절대 안 잊어버린다.

그러니 그 녀석의 앞으로가 딱히 평탄하지만은 않을 것

이다.

진유청은 다시금 목을 가다듬고 큰소리로 그만하라며 싸움을 말리기 위해 애썼지만 딱히 소용이 없었다.

몇 번을 그랬을까.

진유청이 무진을 돌아보며 히죽 웃었다.

"……왜 그렇게 무섭게 웃어?"

"나, 사람들이 왜 싸우는지 알겠어."

"왜 싸우는데?"

"자기 말을 안 들어주니까."

진유청이 한쪽 입꼬리를 삐죽 치켜올리며 씨익 웃더니 터벅터벅 패싸움이 벌어지고 있는 현장으로 걸어 들어갔다.

진유청은 패싸움 판으로 들어가자마자 가장 먼저 손에 잡히는 놈부터 처리했다.

철썩!

손으로 뺨을 후려쳐 정신을 혼미하게 한 다음, 머리를 크게 뒤로 젖혀 반동을 준 후 이마를 찍어 내린다.

퍼어억!

효과 만점이었다.

그렇게 서너 놈을 잡고 나니 아이들이 진유청 주위에서 슬금슬금 물러난다.

하나 진유청은 그 정도에 만족하지 않았다.

지면을 박차고 날아오른 진유청이 다른 곳으로 이동했다.

발에 채이면 차고, 손에 잡히면 꺾기를 몇 번. 머리통으로 쇠말뚝도 꽂을 기세로 검은 것만 보이면 갖다 박았다.

"으아아아!"

진유청이 포효를 내지르며 패싸움 판을 장악한다.

"저, 저거 뭐냐?"

"쟤 진유청 아냐?"

진유청의 얼굴을 알아보고, 그 다음엔 녀석의 더러운 성격을 떠올리고 그 후에야 녀석이 잘못되면 당장 뛰어올 무시무시한 형님이 있다는 걸 되새긴다.

"유청아, 너 여기서 뭐해?"

"한수 너야말로 여기서 뭐하냐. 화산파 후기지수들까지 데리고, 잘하는 짓이다, 응?"

"흥."

정한수가 고개를 휙 돌렸다.

옛날 성질 다 버린 줄 알았더니 그렇지도 않은 듯.

이 와중에도 두들겨 패던 놈 멱살은 여전히 잡고서 얼굴을 붉히는 걸 보니까 말이다.

"어이, 거기도 그만하세요!"

유청이 초린대 소속이자 이야기도 꽤 나누어 봤던 손정우를 발견하고 크게 외쳤다.

"이럴 때 말리면 누가 멈춥니까?"

손정우가 코웃음을 치며 치켜올린 주먹을 앞에 선 놈에게 내리찍으려는데, 갑자기 왜 목덜미가 간지럽지?

그는 돌아보고 싶지 않았지만 돌아봐야 했다. 궁금한 건 못 참는 더러운 성격 때문에!

고개를 반쯤 뒤로 틀자마자 손정우는 자신의 어깨선이 있는데 두 손을 걸친 채 얼굴까지 찰싹 붙여서, 눈동자만 빼꼼 위로 들어 올려서 그를 보고 있는 진유청과 정통으로 마주해야 했다.

덕분에 저절로 손에 힘이 풀린다.

이렇게 싸움을 멈추게 하고, 싸움을 그만둔 놈에게 다른 싸움을 중지시키는 걸 하게 하다 보니 거대한 패싸움도 금세 끝이 났다.

"대체 왜 이런 거야?"

진유청이 나채환에게 묻는다.

나채환은 제 상대를 너덜거릴 정도로 때려 놓고서도 몇 대 더 때리지 못한 게 아쉬워 씩씩대고 있었다.

"말 좀 해보라니까?"

진유청이 재차 묻지만 나채환은 그를 외면했다.

녀석의 표정이 점점 험상궂어질쯤 한수가 다가와 속삭였다.

"채환이한테 맞아서 기어 다니는 놈. 그래, 저놈. 저거 팽가 녀석이래."

아, 그러고 보니 들었었다. 처음에 시비가 걸렸던 게 채환이와 팽가.

"그 팽가?"

"그래. 하북팽가."

정한수가 확인해 줬다.

제기랄. 그러니 채환이가 눈이 휙 돌아간 거였군. 다른 친구들도 말리기는커녕 더 열 받아서 뒤집어진 거고.

진유청 자신도 좀 더 빨리 알았으면 더 때려 줬을 텐데 갑자기 아쉬워진다.

"저 새끼가 채환이 보고 니 아비가 젊은 딸년 늙은이한테 첩으로 보낸 돈으로 배워서 출세한 거냐고……."

뭐라고?

진유청은 순간 자신이 잘못 들었나 했다. 남의 상처를 후벼 파도 유분수지.

속이 부글부글 끓었던 진유청이 나채환에게 다가가 녀석의 엉덩짝을 냅다 발로 차 버린다.

퍼억!

"뭐야?"

앞으로 자빠진 나채환이 인상을 찡그리며 진유청을 노려봤다.

"이 자식아. 넌 그거 때리고 성이 차냐? 됐다, 됐어. 너는 다 때린 거 같으니까 나머진 내가 할게."

진유청이 눈을 부릅뜨고 달려가 아직도 꾸물대며 주변을 살피는 놈에게 발길질을 했다.

"빨리 일어나. 다시 제대로 붙게! 채환이는 끝났다니 이제 내 분 풀 차례다!"

"그만해라."

나채환이 유청의 팔을 잡았다.

"뭘 그만해! 난 제일 나중에 와서 아무것도 한 게 없는데!"

유청이 큰소리로 말하자 주변 분위기가 기묘해졌다.

"정말 한 게 없다고 생각해?"

한수가 다가와 유청의 어깨를 툭 친다.

싸움 말린답시고 잡히는 놈 다 두들겨 팬 게 누군데!

오늘 제일 많이 때린 놈이 아마 너일 거다!

주변에서 날아든 따가운 시선에 진유청이 해맑게 웃었다.

다년간의 경험으로 보건데, 이럴 땐 웃는 거다.

패싸움이 끝난 하방 숙소 앞 공터는 한마디로 아수라장이라 할 수 있었고 까맣게 쓰러져 있는 수많은 아이들 한가운데서 웃고 있는 진유청은 진정한 소악마였다.

진유청 혼자만 모르는 사실.

"유청이 정말 잘 어울린다, 그치?"

무진의 말에 오현이 아주 조금 고개를 끄덕였다.

싸움은 나채환과 팽호열이 시작했지만 거의 반 이상 되는 수련생들이 달라붙어 주먹을 휘두른 것엔 다른 이유가 있었다.

점점 학관에 머무는 손님들이 많아지고 그들이 하나같이 제 또래이거나 출중한 자질을 가진 이들이었으니.

곧 학원이 문을 닫을 거란 얘기에 더해진 상대적 박탈감이 분노를 일으켰다고 했다.

생각해 보면 동심회가 학관에 자리 잡은 이후 계속 몰려든 쟁쟁한 손님들로 인해 이제 학관은 수련생들의 것이라기보다 동심회 쪽에 더 중점을 두게 된 것도 사실이었으니까.

이거 따로 나가던지 해야지, 안 그러면 민폐 끼치는 게 되겠는 걸?

어르신들도 이번 일로 여러 가지 생각을 하게 되신 모양이다.

그래서 오늘의 패싸움은 어르신들의 부탁과 책임 아래 유야무야 없었던 일이 돼 사라져 버렸다.

어쨌거나 한바탕 난리가 벌어지고 난 후라 그런지 속은 시원했다.

"역시 유청이는 남을 괴롭혀야 기분이 풀리나 봐."

무진이 진실을 얘기했다 엄청난 핍박을 받았다는 것만 빼면.

"어이, 친구. 왜 내 자리에 누워 있나?"

진유청이 자신보다 먼저 와서 평상을 차지하고 있는 나채환을 내려다보며 물었다.

"평상에 이름 써놨냐?"

나채환이 시큰둥하게 받아치자 진유청이 자신 있게 고개를 끄덕였다.

"니 머리통 치우면 그 자리에 내 이름 적혀 있을 걸?"

나채환이 정말인가 싶어 머리를 들고 평상 바닥을 확인한다.

"바보."

진유청이 혀를 차며 비웃어준 뒤 나채환을 옆으로 꾸물꾸물 밀고 비좁지만 두 사람이 누울 수 있는 자리를 만들었다.

"괜찮으냐고 물어보는 건 너무 촌스러우니까, 다음에 그 자식 또 만나면 내가 반 죽이고 너가 반 죽이자는 피의 약속을 하는 건 어때?"

진유청의 말에 나채환이 됐다는 듯이 고갤 젓는다.

또 볼일 따위 그냥 없었으면 좋겠다 싶은 거다.

"나도 얼마 전에 아주, 아주 옛날에 겪었던 슬픈 일들을 누군가한테 다 털어놓고 나서 마음이 편해졌어. 그런 기억이 있다는 것만 남겨 놓고 감정의 찌꺼기나 상처에 말라붙은 피딱지까지 모두 떼어내서 털어 버렸지. 채환이 너도 당장은 아니어도 나중에 한 번 해봐라."

"유청이 너한테도 그런 경험이 있냐?"

마냥 사랑받고 항상 빛 아래 서 있었을 것 같은 녀석인데.

"사람은 누구나 마음 한구석에 어둠을 품고 살아가잖아. 아무리 밝은빛 아래 서 있어도, 내가 거기 서 있는 한 내 그림자는 사라지지 않아. 그렇다고 그림자를 지워 버린다면 나는 존재한다고 얘기할 수 있는 사람이 아니니까, 그냥 괴물일 뿐이잖아."

진유청의 말이 끝나자 나채환이 평상 위를 손바닥으로 두드린다.

진유청이 좀 전에 나채환을 끄트머리로 밀어낸 다음 만들어 놓은 자리다.

한 팔을 머리 뒤로 접어 베고 나란히 누운 두 녀석이 하늘을 올려다봤다.

"별 참 좋다."

진유청이 말했고 나채환이 웃었다.

오늘은 절대 웃을 수 없을 거 같았는데도 웃음이 나왔다.

장보도 해석에 여념이 없지만 아직도 이렇다 할 결과물을 내놓지 못해 전전긍긍하는 제갈세가에 낯선 서찰이 한 통 도착했다.

"이게 뭐지?"

제갈세가의 가주에게 온 거지만 보낸 이가 적혀 있지 않았기에 제갈건이 먼저 개봉해 봤다.

쓸데없는 걸로 가주의 시간을 뺏는 일이 없도록 하기 위함이다.

한데 서찰 안엔 그림 한 장이 달랑 들어 있을 뿐이었다.

제갈건이 미간을 찡그리며 그림을 꺼내 든다.

펼쳐든 그림은 분명 낯이 익었다.

이거…… 분명 어디서 본 건데?

제갈건이 한참을 고민하다 갑자기 고개를 번쩍 들었다.

"설마 이거!"

그가 쿵쾅거리며 가주가 있는 방으로 달려갔다.

드드득!

저가 왔음을 알리지도 않고 거칠게 문을 열어젖힌 제갈건이 자길 노려보는 제갈인창 앞으로 몸을 날렸다.

"이 무슨 짓이냐!"

제갈인창은 아무리 자식이라 하나 이런 무례를 용납할 수 있는 사람이 아니었다.

특히나 집중해야 할 시간을 방해할 때는 더욱더.

하지만.

"이걸 보십시오. 눈에 익지 않으십니까?"

제갈건이 내민 그림을 집어 든 제갈인창의 눈이 커졌다.

장보도와 가장 많은 시간을 보낸 이가 그이다 보니, 바로 알아볼 수 있었던 것이다.

그가 다급히 책을 꺼내 들고 첫장을 펼쳤다.

좀 전에 받은 서찰 속 그림과 책에 그려져 있는 그림이 똑같았다!

"이게 어떻게 된 일이냐!"

그러나 더 놀라운 일은 그 다음에 일어났다.

둘을 나란히 놓고 자세히 살피다 보니 아주 조금 다른 점이 있었던 것이다.

책의 그림에는 없고, 서찰에서 나온 그림엔 있는 것!

"확인이 필요하겠구나."

"아무도 방해하지 못하도록 단단히 일러두겠습니다."

두 부자의 마주 보는 두 눈에 새파란 빛이 번뜩였다.

〈『귀환! 진유청!』 제11권에서 계속〉

귀환! 진유청!

1판 1쇄 찍음 2012년 1월 6일
1판 1쇄 펴냄 2012년 1월 10일

지은이 | 로 토
펴낸이 | 정 필
펴낸곳 | 도서출판 **뿔미디어**

기획총괄 | 이주헌
편집장 | 이재권
편집책임 | 심재영
편집 | 문정흠, 이경순, 주종숙, 이진선, 정시연
관리, 영업 | 김기환, 임순옥

출판등록 | 2002년 9월 11일 (제081-1-132호)
주소 | 부천시 원미구 상3동 533-3 아트프라자 503호 (우)420-861
전화 | 032)651-6513 / 팩스 032)651-6094
E-mail | BBULMEDIA@paran.com
홈페이지 | www.bbulmedia.com

값 8,000원

ISBN 978-89-6639-498-2 04810
ISBN 978-89-6359-513-9 04810 (세트)